Anonymous

**Inscriptiones Piceni**

Anonymous

**Inscriptiones Piceni**

ISBN/EAN: 9783742830616

Manufactured in Europe, USA, Canada, Australia, Japa

Cover: Foto ©Andreas Hilbeck / pixelio.de

Manufactured and distributed by brebook publishing software
(www.brebook.com)

Anonymous

**Inscriptiones Piceni**

# INSCRIPTIONES PICENI

S I V E

## MARCHIAE ANCONITANAE

*INFIMI AEVI*

## ROMAE EXSTANTES

O P E R A   E T   C U R A

## D. PETRI ALOYSII GALLETTI ROMANI

MONACHI CASINENSIS

IN BIBLIOTH. VATIC. LINGUAE LATINAE SCRIPTORIS

C O L L E C T A E.

ROMAE MDCCLXI.

TYPIS GENEROSI SALOMONJ BIBLIOPOLAE
SUPERIORUM PERMISSU.

# ABVNDIO REZZONICO

PATRICIO VENETO ROMANO GENVENSI

## CLEMENTIS XIII

PONTIFICIS MAXIMI

EX GERMANO FRATRE NEPOTI

QVOD

EXIMIIS ANIMI SVI DOTIBVS

FAMILIAM PATRIAM VRBEM ROMAM

IN SPEM PVLCHERRIMAM EREXERIT

BONAEQ. ARTES AC LITERAE

PERPETVVM SIBI EVM PATRONVM

AVSPICENTVR

PETRVS ALOYSIVS GALLETTI CASINENSIS

IN APOSTOLICA VATICANA BIBLIOTHECA

LINGVAE LATINAE SCRIPTOR

ADOLESCENTI NOBILISSIMO

SYLLOGEN PICENARVM INSCRIPTIONVM

ROMAE EXSTANTIVM

VT VETERIS PERENNISQVE OBSEQVII

MONVMENTVM SIT

D. D. D.

ANNO MDCCLXI.

# MONITUM

OMANARUM Inscriptionum editione sub feliciffi-
mis aufpiciis SSmi D. N. CLEMENTIS XIII.
P. O. M. abfolutâ, curante in primis amiciffi-
mo & eruditiffimo viro *Johanne Paulo de Cinque* Nobili
Confcripto Romano, qui negotium meum veluti fuum
amplexus nulli prorfus diligentiae pepercit, ut abfque nae-
vis, & citius quam expectari poffe videretur in publicam
lucem prodiret, en Infcriptiones PICENAS, feu mavis dicere,
quae ad *Pontificiam Marchiam* fpectant in medium pro-
fero, quod mihi jucundum fane, pergratumque follicitu-
dini, atque amori omnino debeo viri tum generis nobilitate, tum doctrinâ praeclariffimi *Guillielmi Pallotta* Mace-
ratenfis patricii, Emi ac Rmi Principis *Caroli* cardinalis
*Rezzonici* a confiliis & litibus audiendis. Is erenim dum
inclytae nationis fuae gloriam, ac dignitatem egregie in
URBE tuetur, etiam in inftitutum méum pro viribus libe-
ralem fe praebens, fummâ alacritate curavit ut nobilis,
& dives *Picena* provincia ad hujufmodi monumenta evulg-
anda fumptus conferret.

Verum enim vero *Piceni* nomine totum agrum illum
minime intelligo, qui fub *Romanorum* imperio latiffime
certe patebat: *Quinta regio*, ait Plinius lib.III. cap.XVIII. *Piceni eft, quondam uberrimae multitudinis. Tercenta LX. millia
Picentium in fidem populo Romano venere. Orti funt a Sabinis
voto vere facro. Tenuere ab Aterno amne, ubi nunc ager Adrianus
& Adria colonia a mari VII M. Paff. Flumen Vomanum, ager Prae-
tutianus, Palmenfifque. Item Caftrum Novum, flumen Batinum,
Truentum cum amne: quod folum Liburnorum in Italia reli-
quum eft. Flumen Albula, Tervium quo finitur Praetutiana regio & Picentium incipit. Cupra oppidum, Caftellum Firmano-*
rum:

*rum* : *& super id colonia Asculum , Piceni nobilissima , intus .
Novana in ora : Cluana , Potentia , Numana a Siculis condita .
Ab iisdem colonia Ancona apposita promontorio Cumero in ipso flectentis se orae cubito . A Gargano* CLXXXIII. M. *pass. Intus Auximates , Beregrani , Cingulani , Cuprenses cognomine Montani , Falarienses , Pausulani , Pleninenses , Ricinenses , Septempedani , Tollentinates , Trejenses , Urbesalvia Pollentini.* Ex quo *Plinii* luculento teftimonio fatis conjicitur *Picenum* ea aetate ab ortu Solis conterminum habuiffe *Aefin* amnem ad oppidum ufque , qui nunc *S. Quiricus* dicitur , inde vero fluminis *Naris* fontes ad *Aterni* ripam inter *Amiterni* veftigia & *Aquilam* urbem ; a meridie *Matrinum* amnem , & ab hujus fontibus *Apennini* montis jugum , quod ad ipfius *Aterni* fontes protenfum vulgo dicitur *Monte Corno* ; ab Solis occafu & Septemptrionibus mare *Hadriaticum* inter *Matrini* , *Aefifque* amnium oftia , c. millium paffuum longitudine .

Praeterea neque ullam quidem habendam hic effe rationem putavi *Piceni Suburbicarii* & *Piceni Annonarii* , quorum urbes & loca determinare difficillimae effet indaginis , fed eam Pontificiae ditionis partem prae oculis habui , quae *Marchia* nunc *Anconitana* vulgo appellatur , quamque immortalis memoriae pontifex *Xystus V.* etfi aliud agens , attamen tacite quodammodo certis indubiifque finibus conclufit , quum nempe illorum populorum commodo confulens *Maceratensis* Rotae caufa expediendis praepofitum tribunal honorificentiffimo prorfus confilio inftituit . Urbes fiquidem , quae hujufmodi fapientum judicio nunc fubjiciuntur haec recenfentur *Asculum , Ancona , Camerinum , Fabrianum , Fanum , Firmum , Aefium , Lauretum , Matelica , Macerata , Monfaltus , S. Severinus* olim *Septempeda , Tolentinum , Cingulum , Auximum , Recinetum , & Ripa Tranfonis* .

Haec habui etudite lector , quae te monerem , ut labori huic meo , qualifcumque fit , aequi bonique confulas , ELEN-

# ELENCHUS

APPEN-

## IMPRIMATUR,

Si videbitur Reverendiſſimo Patri Magiſtro Sacri Palatii Apoſtolici .

D. *Jordani Archiep. Nicomedien. Viceſg.*

## IMPRIMATUR.

Fr. Thomas Auguſtinus Ricchinius Ordinis Praedicatorum , Sacri Palatii Apoſtolici Magiſter .

# SUMMI PONTIFICES

## C·L·A·S·S·I·S  P·R·I·M·A.

### N I C O L A I  IIII.

A. C. MCCLXXXVIII.

I.

### S. Johannis in Laterano.

*In apfide ex opere mufivo.*

TERTIVS ECCLESIÆ PATER INNOCENTIVS HORA
QVA SESE DEDERAT SOMNO NVTARE RVINÆ
HANC VIDET ECCLESIAM MOX VIR PANNOSVS ET ASPER
DESPECTVSQVE HVMERVM SVPPONENS SVSTINET ILLAM.
AT PATER EVIGILANS FRANCISCVM PROSPICIT ATQVE
VERE EST HIC INQVIT QVEM VIDIMVS ISTE RVENTEM
ECCLESIAMQVE FIDEMQVE FERET SIC ILLE PETITIS
CVNCTIS CONCESSIS LIBER LÆTVSQVE RECESSIT.
FRANCISCI PROLES PRIMVS DE SORTE MINORVM
HIERONYMVS QVARTI NICOLAI NOMINE SVRGENS
ROMANVS PRÆSVL PARTES CIRCVMSPICIT HVIVS
ECCLESIÆ CERTA IAM DEPENDERE RVINA
ANTE RETROQVE LEVAT DESTRVCTA REFORMAT ET ORNAT
ET FVNDAMENTIS PARTEM COMPONIT AB IMIS.
POSTREMO QVÆ PRIMA DEI VENERANDA REFVLSIT
VISIBVS HVMANIS FACIES HÆC INTEGRA SISTENS
QVO EVERAT STETERATQVE SITV RELOCATVR EODEM
PRÆSENTIQVE STATV DEVS HÆC AMPLECTERE VOTA
QVÆ TIBI PERSOLVIT DOMVS HVIVS ORNANDO DECOREM
SERVA MIRIFICA CÆLO TERRAQVE BEATVM
EFFICE NEC MANIBVS TRADAS HVNC HOSTIS INIQVI
INGREDIENS POPVLVS DEVOTVS MVNERA SVMAT

*Inscript. Pit.*  A  QVÆ

# INSCRIPT. PICENAE

QVÆ BONVS HIC PASTOR DEDIT INDVLGEND) BENIGNE
ET LARGA PIETATE PATER PECCATA REMITTENS

ANNO AB INCARNAT. DOMINI NOSTRI IESV CHRISTI MCCXCI. PONT.
EIVSDEM D. NICOLAI PAPÆ ANNO TERTIO

## 2.

## Ibidem.

PARTEM POSTERIOREM ET ANTERIOREM
RVINOSAS HVIVS SANCTI TEMPLI A
FVNDAMENTIS REÆDIFICARI FECIT ET
ORNARI OPERE MVSIVO NICOLAVS QVARTVS
FILIVS SANCTI FRANCISCI ET SACRVM
VVLTVM SALVATORIS INTEGRVM REPONI
FECIT IN LOCO VBI PRIMVM MIRACVLOSE
POPVLO ROMANO APPARVIT QVANDO
FVIT IPSA ECCLESIA CONSECRATA
ANNO DOMINI MCCXCI.

## 3.

## Ibidem.

*Sub effigie Sanctissimi Salvatoris.*

NICOLAVS QVARTVS
FILIVS S. FRANCISCI SACRVM VVLTVM
SALVATORIS REPONI FECIT IN LOCO VBI
PRIMO MIRACVLOSE APPARVIT QVANDO
FVIT ISTA ECCLESIA CONSECRATA

## 4.

## S. Mariæ Majoris.

*In apside ex opere musivo.*

QVARTVS PAPA FVIT NICOLAVS VIRGINIS ÆDEM
HANC LAPSAM REFECIT FITQ. VETVSTA NOVAM :
PATER APOSTOLICVM SERVET FRANCISCVS ALVMNVM
PROTEGAT OMNIPOTENS MATRE ROGANTE BEET

Ibidem.

# CLASSIS I.

## 5.

### Ibidem.

*In facrario.*

PETRVS ET IACOBVS COLVMNAE
HVIVS TEMPLI ARCHIPRESBYTERI CARDINALES
AMBO DE RE SACRA PRAECLARE MERITI
SED IACOBVS OPERE SVMPTVQVE
COLLATO CVM NICOLAO PONTIFICE
EX INSTAVRATIONE BASILICÆ
DECESSIT ILLVSTRIOR

## 6.

### Ibidem.

*Ad fepulcrum Nicolai IV. Pont., in fronte, fupra fimulacrum.*

NICOLAO IV. ASCVLANO PICENO
PONT. MAX. CVM IN NEGLECTO DIV
SEPVLCHRO FERE LATVISSET
FR. FELIX PERETTVS CARD. DE MONTE ALTO
IN ORDINEM ET PATRIAM PIETATE POSVIT
MDLXXIV.

*In bafi.*

NICOLAVS IIII. ORDINEM MINOR. PROFESSVS PHILOSOPHVS ET
THEOLOGVS

EGREGIVS CONSTANTINOPOLIM A GREGORIO X. MISSVS GRÆCOS
AD R. E.

COMMVNIONEM TARTAROS AD FIDEM REDVXIT POST BONA-
VENTVRAM

GENERALIS SANCTITATE ET DOCTRINA ORD. PROPAGAVIT, NI-
COLAI III

NVNCIVS INTER FRANCORVM ET CASTELLÆ REGES PACEM CON-
CILIAVIT

A 2                                        SAN-

SANCTÆ POTENTIANÆ CARDINALIS LEGATVS HONORII III IN GALLIAM

SENATORIAM P. R. DIGNITATEM SEDI APOSTOLICÆ RESTITVIT

FACTVS PONTIFEX REMP. SVBLATIS DISCORDIIS COMPOSVIT . CHRISTIANOS

PRINCIPES SACRO FOEDERE IVNXIT . PTOLEMAIDEM COPIIS ADIVVIT

FLAMINIAM IN PONTIFICIS ITERVM DITIONEM REDEGIT . PVBLICVM IN

MONTE PESSVLANO GYMNASIVM INSTITVIT . PROBOS ET ERVDITOS IN

COGNATORVM LOCO TANTVM HABVIT . LATERANEN. ET HANC BASILICAM

STRVCTVRIS ET OPIBVS AVXIT . TANDEM IVSTITIA ET RELIGIONE ORBEM

TERRÆ MODERATVS MAGNA SANCTITATIS OPINIONE OBIIT PRID. NON.

APRILIS MCCXCII. PONTIFICATVS SVI ANNO V.


## XYSTI V.

A. C. MDLXXXV.


### 7.

## S. Mariae Confolationis.
#### *In pariete.*

SIXTVS . V. PONT. MAX.
AD . AVGENDAM . ERGA . SANCTAM . DEI . GENITRICEM
MATREM . GRATIARVM . ET . CONSOLATIONIS
FIDELIS . POPVLI . PIETATEM . AC . VENERATIONEM
SOCIETATEM . HVIVS . ECCLESIÆ . ET . HOSPITALIS
IN . ARCHICONFRATERNITATEM . EREXIT
PRIVILEGIIS . AMPLISS. SACRISQVE . INDVLGENTIAR
THÆSAVRIS . ORNAVIT . CVMVLAVITQVE
AN. SAL. HVM. M.D.LXXXV. PONT. I.

S. Ma.

# CLASSIS I.

## 8.

### S. Mariae in Campo Carleo.

*Fragmentum in pariete.*

SED . VNIO . FACTA . OB . PAVPERTATEM
DEL . MDLXXXIIII. NON . FVIT . REVO
CATA . NEC . POTEST . PERCHE . PER
LA . CLAVSVLA . SVBLATA . NON . VOLSE
IL . PAPA . CHE . SI . POTESSE . MAI . PAR
LARNE . IMPETRATA . A . GREG. XIII
VT . LIB. XV. FOL. XXVII. EXPEDITA . A
SIXTO . V. ANNO . I
IVLIVS . MALATESTA . RECTOR
AD . PERPETVAM . REI . MEMORIAM

## 9.

### In Monte Pietatis.

*In pariete.*

SIXTVS V. PONT. MAX.
AD SVBLEVANDAM
PAVPERVM INOPIAM
MONTI PIETATIS INCERTA
IN HANC DIEM SEDE
PROPRIVM HOC DOMICILIVM
AERE SVO DICAVIT
MDLXXXV. PONT. AN. I.

## 10.

### In Capitolio.

*In interiori Senatoris aula.*

SIXTO V. PONT. OPT. MAX.
DOMINICVS IACOBACIVS DE FACESCHIS
HORTENSIVS CELSVS
IVLIVS PAMPHILIVS      COSS
SENATORIO MVNERE IVRIDICENDO
LITIBVS PRAEFVERE
HVMANAE REDEMPTIONIS ANNO
M. D. LXXXV

## 11.

### Ibidem.

*In fronte palatii Senatorii ad dexteram.*

SIXTI . V. PONT. MAX
PRINCIPISQ. OPT. PIETATE
IOANNES . PELICANVS . SENATOR
LAXIOREM . CARCEREM . DIRVMQ
IN . MITIOREM . ET . AMPLIOREM . REDIGI . MAN
ANNO . D. M. D. LXXXV

12.

In arcu aquaeductus Aquae Felicis.
*Intra Urbis moenia prope portam S. Laurentii.*

SIXTVS V. PONT. MAX.
VIAS VTRASQVE
ET AD SANCTAM MARIAM MAIOREM
ET AD SANCTAM MARIAM ANGELORVM
AD POPVLI COMMODITATEM
ET DEVOTIONEM
LONGAS LATASQVE SVA IMPENSA STRAVIT
ANNO DOM. MDLXXXV. PONT. I.

13.

Ibidem.
*In altera facie.*

SIXTVS V. PONT. MAX.
DVCTVM AQVE FELICIS
RIVO SVBTERRANEO MILL. PASS. XIII.
SVBSTRVCTIONE ARCVATA VII.
SVO SVMPTV EXTRVXIT
ANNO DOM. MDLXXXV. PONT. I.

14.

In via Neapolitana.
*In facie arcus secundo ab Urbe lapide.*

SIXTVS V. PONT. MAX.
PLVRES TANDEM AQVARVM
SCATVRIGINES INVENTAS
IN VNVM COLLECTAS LOCVM
SVBTERRANEO DVCTV
PER HVNC TRANSIRE ARCVM
A SE FVNDATVM CVRAVIT
AN. M. D. LXXXV. PONT. I.

Ibi-

## 15.
### Ibidem.
*In altera facie.*

SIXTVS V. PONT. MAX.
QVO FONTIBVS RESTITVTIS
DESERTI VRBIS ITERVM HABITARENTVR COLLES
AQVAS VNDIQVE INVENIENDAS MANDAVIT
AN. MDLXXXV. PONTIF. I.

## 16.
### In via Felici.

SIXTVS V. PONT. MAX.
QVOD VIAM FELICEM
APERVIT STRAVITQ.
PONT. SVI ANNO I.
MDLXXXV.

## 17.
### In Laterano.
*Ad basilicae porticum.*

SIXTVS PP. V.
AD BENEDICTIONES
EXTRVXIT
MDLXXXV. PONT. AN. II.

## 18.
### SS. XII. Apostolorum.
*In portica.*

SIXTO. V. PONT. MAX
ORD. MIN. CON
IVSTITIAE. VINDICI
PROPAGATORI
RELIGIONIS
A. MDLXXXVI

## 19.
### S. Mariae de Populo.
*In pariete.*

PIETATIS. ERGO. PVBLICE. COMMODITATI
XISTVS. V. PONT. MAX.

PRO.

PRO . BASILICA . S. SEBASTIANI
SVBSTITVIT . ET . IN . SEPTEM . ADNVMERAVIT
HANC . SANCTISS. VIRGINIS . AD . PORTAM
FLAMMINIAM (&c) . EIDEM . AD . SEPTEM . ALTARIA
OMNES . INDVLGENTIAS . IMPERTIVIT
ATQVE . AEQVO . IVRE . COMMVNICAVIT
ANN. S. M. D. LXXXVI

**20.**

## S. Sabinae.

*In pariete.*

SIXTVS V. PONT. MAX.
ECCLESIAM HANC INTERMEDIO PARIETE
RVINOSOQ TECTORIO SVBLATIS
PAVIMENTO STRATO GRADIBVS
ERECTIS PICTVRIS AD PIETATEM
ACCOMODATIS ALTARIQ VNA CVM
SACRIS MARTIIRVM ALEXANDRI
PAPÆ EVENTII THEODOLI SABINÆ ET
SERAPHIÆ RELIQVIIS ODSSTATIO (&c)
NARIAS PONTIFICIASQ MISSAS CELE
BRANDAS TRANSLATO IN HANC
FORMAM RESTITVIT
ANNO PONTIFICATVS II

**21.**

## SS. Viti & Modesti.

*In pariete.*

D. O. M.

MDLXXXVL IDIB. FEBRVARII . S. D. N. SIXTVS . PP. V. CONCESSIT

HAC . TIT. ECCLAM . CONFRATI. S. BERNARDI . PROCVRAN. F. MI-
CHELE

ALEXANDRINO . ET . DECIO . AZZOLINO . CARDD. PATRONIS .
PRO . MONAST.O             MONIA-

MONIALIVM . A .D.$^{TA}$ . CONFRATE . CONSTRVEN . IN . DENO-
MINATIONE

TT. CARD. QVAM . DIE . XX. MARTII . EIVSDEM . ANI . HENRI-
CVS . S. R. E. TT. S. PVDENTIANE

PRESBR . CARD. CAIETANVS . ET . PATRIARCHA . ALEXANDRIN'
ASSISTEN.

SIBI . RAPHAELLE . BONELLO . ARCHIEPO . RAGVSINO . CAMILLO .
DADDEO . EP.$^O$

BRVGNATEN . CVRTIO. CINQVINO . DIAC.$^O$ ET . XPHARO . BVBA-
LO . SVB

DIAC.$^O$ CANCIS . BASIL. E. M. M. CONSECRAVIT . AD . HONO-
REM . SS. VITI

MODESTI . ET . CRESCENTIE . MARTYR. AC . BERNARDI . ABB.
ET . IN

ALTARI . MAIORE . INCLVSIT . RELIQVIAS . PTO . M. SS. MARTYR.
ET . SS. IACOBI

MAIORIS . APLI . MARCELLINI . PP. ET . MART. GREG. PP. PMI .
BIBIANE

VIRG. ET . MART. ET . ALIOR. PLVRIMOR. SS. INSTAN. PETRO .
FVLVIO

V. I. D. PRIORE . HORATIO . FVSCHO . ET . ANDREA . ARBERINO

CVSTODIB'. AC . CAMILLO . CONTRERA . CAMERARIO . PREFATE

CONFRATERNITATIS

22.

## Prope fontem Aquae Virginis.

SIXTVS V. PONT. MAX.
LANARIAE ARTI ET FVLLONIAE
VRBIS COMMODITATI

PAVPERTATISQVE SVBLEVANDAE
AEDIFICAVIT
AN. M. D. LXXXVI.
PONT. II.

**23.**

Ad portam domus
Mendicantium.

SIXTVS V. PONT. MAX. PICENVS
PAVPERIBVS PIE ALENDIS
NE PANE VERBOQVE CAREANT
MVLTO SVO COEMPTAS AERE
HAS AEDES EXTRVXIT
APTAVIT AMPLIAVIT
PERPETVO CENSV DOTAVIT
ANNO DOM.MDLXXXVII. PONT.II.

**24.**

In basilica Liberiana.

SANCTISS. PRAESEPI
DOMINI . NOSTRI
IESV . CHRISTI
SIXTVS . PAPA. V
DEVOTVS
SACELLVM
EXTRVXIT
AN. SAL. MDLXXXVII
PONTIFICATVS
TERTIO

**25.**

Ibidem.

*In bemisphaerio sacelli Sixtini.*

SIXTVS V. PONT. MAX.
IESV CHRISTO DEI FILIO
DE VIRGINE NATO

**26.**

In area Liberianae Basilicae.

*In basi obelisci, ad Meridiem Carinas versus.*

SIXTVS V. PONT. MAX.
OBELISCVM
AEGYPTO ADVECTVM
AVGVSTO
IN EIVS MAVSOLEO
DICATVM

EVER-

# CLASSIS I.

EVERSVM DEINDE ET
IN PLVRES CONFRACTVM
PARTES
IN VIA AD SANCTVM
ROCHVM IACENTEM
IN PRISTINAM FACIEM
RESTITVTVM
SALVTIFERÆ CRVCI
FELICIVS
HIC ERICI IVSSIT AN. D.
MDLXXXVII. PONT. III.

**27.**

*Ibidem.*

*Ad Orientem.*

CHRISTVS
PER INVICTAM
CRVCEM
POPVLO PACEM
PRÆBEAT
QVI
AVGVSTI PACE
IN PRÆSEPE NASCI
VOLVIT

**28.**

*Ibidem.*

*Ad Septentrionem.*

CHRISTI DEI
IN ÆTERNVM VIVENTIS
CVNABVLA
LÆTISSIME COLO
QVI MORTVI
SEPVLCHRO AVGVSTI
TRISTIS
SERVIEBAM

**29.**

*Ibidem.*

*Ad Occidentem.*

CHRISTV DOMINV.
QVEM AVGVSTVS
DE VIRGINE
NASCITVRVM
VIVENS ADORAVIT
SEQ DEINCEPS
DOMINVM
DICI VETVIT
ADORO

B 2

# INSCRIPT. PICENAE

## 30.

### S. Spiritus in Saxia.

*In sacrario.*

SIXTVS PP. V.
IMPONIT EXCOMMVNICATIONEM
CONTRA QVOSCVMQVE EXTRAHENTES
VEL COMMODANTES SVPPELLECTILIA
ECCLESIÆ S. SPIRITVS IN SAXIA
IX. KAL. APRLS (fic) MDLXXXVII

## 31.

### In area S. Susannae in Quirinali.

*Ad fontem.*

SIXTVS . V. PONT. MAX. PICENVS
AQVAM . EX . AGRO . COLVMNAE
VIA . PRAENEST. SINISTRORSVM
MVLTAR. COLLECTIONE . VENARVM
DVCTV . SINVOSO . A . RECEPTACVLO
MIL. XX. A . CAPITE . XXII. ADDVXIT
FELICEMQ. DE . NOMINE . ANTE . PONT. DIXIT
COEPIT . PONT. AN. I. ABSOLVIT . III. MDLXXXVIII

## 32.

### In columna Trajani.

*In fastiglo ad simulacrum S. Petri.*

SIXTVS V. B. PETRO APOST.
PONT. A. III.

## 33.

In baſi Lateranenſis
obeliſci.

*Ad Meridiem.*

CONSTANTINVS
PER CRVCEM
VICTOR
A S. SYLVESTRO HIC
BAPTIZATVS
CRVCIS GLORIAM
PROPAGAVIT

## 34.

*Ad Orientem.*

P. CONSTANTIVS AVG.
CONSTANTINI AVG. FIL.
OBELISCVM A PATRE
LOCO SVO MOTVM
DENIQVE ALEXANDRIE
IACENTEM
TRECENTORVM REMIGVM
IMPOSITVM NAVI
MIRANDAE VASTITATIS
PER MARE TIBERIMQ.
MAGNIS MOLIBVS
ROMAM CONVECTVM
IN CIRCO MAR.
PONENDVM
S. P. Q. R. D. D.

## 35.

*Ad Occidentem.*

FL. CONSTANTINVS
MAXIMVS AVG.
CHRISTIANAE FIDEI
VINDEX ET ASSERTOR
OBELISCVM
AB AEGYPTIO REGE
IMPVRO VOTO
SOLI DEDICATVM
SEDIBVS AVVLSVM SVIS
PER NILVM TRANSFERRI
ALEXANDRIAM IVSSIT
VT NOVAM ROMAM
AB SE TVNC CONDITAM
EO DECORARET
MONVMENTO

## 36.

*Ad Septentrionem.*

SIXTVS V. PONT. MAX.
OBELISCVM HVNC
SPECIE EXIMIA
TEMPORVM CALAMITATE
FRACTVM CIRCI MAX.
RVINIS HVMO LIMOQ.
ALTE DEMERSVM MVLTA
IMPENSA EXTRAXIT
HVNC IN LOCVM MAGNO
LABORE TRANSTVLIT
FORMAEQ. PRISTINAE
ACCVRATE RESTITVTVM
CRVCI INVICTISSIMAE
DICAVIT
A. M.DLXXXVIII. PONT. IIII.

In

### 37.
In Lateranensi patriarchio.
*In fronte.*

SIXTVS V. PONT. MAX. ANNO IV.

### 38.

Ad Thermas Diocletiani prope viam Quirinalem.
*Ad lavacrum.*

SIXTVS PP. V.
PAVPERVM
COMMODITATI
MVLIERVM
EXTRVI FECIT
A. MDLXXXVIII.

### 39.
In bibliotheca Vaticana.
*Supra priorem januam.*

SIXTI V.
BIBLIOTHECA VATICANA

### 40.
Ibidem.
*Ad secundae januae dexteram;*

SIXTVS V. PONT. MAX.
BIBLIOTHECAM APOSTOLICAM
A SANCTISSIMIS PRIORIBVS ILLIS PONTIFICIBVS
QVI BEATI PETRI VOCEM AVDIERVNT
IN IPSIS ADHVC SVRGENTIS ECCLESIAE PRIMORDIIS
INCHOATAM
PACE ECCLESIAE REDDITA LATERANI INSTITVTAM
A POSTERIORIBVS DEINDE IN VATICANVM

VT

VT AD VSVS PONTIFICIOS PARATIOR ESSET TRANSLATAM
IBIQ. A NICOLAO V. AVCTAM A SIXTO IIII
INSIGNIT. EXCVLTAM
QVO FIDEI NOSTRAE ET VETERVM ECCLESIASTICAE
DISCIPLINAE RITVVM DOCVMENTA OMNIBVS LINGVIS
EXPRESSA ET ALIORVM MVLTIPLEX SACROR. COPIA
LIBRORVM CONSERVARETVR
AD IPSAM ET INCORRVPTAM FIDEI
ET DOCTRINAE VERITATEM
PERPETVA SVCCESSIONE
IN NOS DERIVANDAM
TOTO TERRARVM ORBE CELEBERRIMAM
CVM LOCO DEPRESSO OBSCVRO
ET INSALVBRI SITA ESSET
AVLA PERAMPLA VESTIBVLO CVBICVLIS CIRCVM ET INTRA
SCALIS PORTICIBVS TOTOQ. AEDIFICIO A FVNDAMENTIS
EXTRVCTO
SVBSELLIIS PLVTEISQ. DIRECTIS LIBRIS DISPOSITIS
IN HVNC EDITVM PERLVCIDVM SALVBREM MAGISQ.
OPPORTVNVM LOCVM EXTVLIT
PICTVRIS ILLVSTRIBVS VNDIQVE ORNAVIT
LIBERALIBVSQ. DOCTRINIS
ET PVBLICAE STVDIORVM VTILITATI
DICAVIT
ANNO M. D. LXXXVIII
PONTIFIC. IIII


## 41.
### Ibidem .
*Ad fecundae januae latvem .*

SIXTI V. PONT. MAX
PERPETVO HOC DECRETO DE LIBRIS VATICANAE
BIBLIOTHECAE CONSERVANDIS
QVAE INFRA SVNT SCRIPTA HVNC IN MODVM
SANCITA SVNTO
INVIOLATEQ. OBSERVANTOR

NE-

NEMINI LIBROS CODICES VOLVMINA
HVIVS VATICANAE BIBLIOTHECAE
EX EA AVFERENDI EXTRAHENDI
ALIOVE ASPORTANDI
NON BIBLIOTHECARIO NEQ. CVSTODIBVS
SCRIBISQ. NEQ. QVIBVSVIS ALIIS
CVIVSVIS ORDINIS ET DIGNITATIS
NISI DE LICENTIA SVMMI ROM. PONT
SCRIPTA MANV
FACVLTAS ESTO
SI QVIS SECVS FECERIT LIBROS
PARTEMVE ALIQVAM ABSTVLERIT
EXTRAXERIT CLEPSERIT RAPSERIT
CONCERPSERIT CORRVPERIT
DOLO MALO
ILLICO A FIDELIVM COMMVNIONE EIECTVS
MALEDICTVS
ANATHEMATIS VINCVLO
COLLIGATVS ESTO
A QVOQVAM PRAETERQVAM ROM. PONT
NE ABSOLVITOR

### 42.

Ibidem.

*Supra interiorem januam penicillo expressa.*

SIXTVS . V. PONT. MAX
BIBLIOTHECAM . HANC
VATICANAM
AEDIFICAVIT . EXORNAVITQ.
AN. M.D.LXXXVIII. PONT.IIII

### 43.

S. Hieronymi Illyricorum.

*In templi fronte.*

SANCTO HIERONYMO DICATVM
SIXTVS V. P. M. ORD. MIN.

TEMPLVM  A  FVNDAMENTIS  ERERIT
PONT.  SVI  ANNO  IV.
SAL.  M.D.LXXXVIIL.

## 44.
### Ibidem .
*In facie exteriori ad Occidentem .*

SIXTVS  V.  P.  M.  ORD.  MIN.
A  FVNDAMENTIS  ERRXIT
ANNO  PONT.  SVI  IV.  SALVTIS  MDLXXXVIIL

## 45.
### Ibidem .
*Supra interiorem ianuam .*

SIXTVS  V.  PONT.  OPT. MAX.
SANCTI  HIERONYMI  ECCLESIAM
MAGNIFICENTIVS  EXTRVXIT
TITVLVM  COLLEGIO  CANONICORVM
ADAVXIT
ET  PRONEPOTIBVS  SVIS  D.  D.  PERETTIS
VENAFRAE  PRINCIPIBVS  IVSPATRONATVS
ATTRIBVIT
LOCI  ET  CLERI  ORNAMENTO  AC  SECVRITATI

## 46.
### Ibidem .
*Ad aram maximam .*

SIXTE  OPVS  HOC  MVNVSQ.  TVVM  EST ,  TIBI  PLAVDIT  AB  ASTRIS
ILLYRICVS  TOTO  NOTVS  IN  ORBE  SENEX .

## 47.
### Ibidem .
*In laquearl .*

SIXTVS  V.  PONT.  MAX.
S.  HIERONYMO  ECCLESIAE  DOCTORI

Inscript. Plu.                    C                    TEM-

TEMPLVM HOC A FVNDAMENTIS ERECTVM
DICAVIT
ANNO MDLXXX.

### 48.

Ibidem.

*In pariete.*

VRBANO OCTAVO P. O. M.
QVOD PATRIS AFFECTV COMPLEXVS NATIONEM ILLYRICĀ
A. C. C. ANNIS IN HOC TEMPLO POSTEA A SIXTO V. A FVNDA
EXTRVCTO CONGREGATAM
EIDEM CONGREGATIONI TRANQVILLITATE REDDITA
DOMO S. CAII PP. M. ILLYRICI A FVND. EXCITATA
BAPTISTERIO S. COSTATINI IMP. ILLYR. ILLVSTRATO
SACRORVM MISTERIORVM LIBRIS ILLYRICIS PVRGATIS
ALVMNIS ILLYR. LAVRETANO COLLEGIO RESTITVTIS
IMMORTALIBVS BENEFICIIS AFFECERIT
ALEXANDRO S. R. E. DIAC. CARD. CAESARINO PROTECTORE
EADEM NATIO GRATI ANIMI HOC
MONVMEMTVM P. P.
ANNO DNI MDC. XXX.

### 49.

Ad Scalam Sanctam.

*In fronte.*

SIXTVS V. FECIT SANCTIORI LOCO SCALAM SANCTAM POSVIT
A. MDLXXXIX P. IV

### 50.

S. Hadriani in foro Boario.

*In pariete.*

SIXTVS V. PONT. MAX.
AN. M. D. LXXXIX. DIE VIII. APR

HANC

HANC ECC. S. HADR. FRATRIB· ORD. B. MARIAE DE MERCEDE
REDEMPTIONIS CAPTIVOR; ANTEA APVD S. RVFINAM TRANSTYB.
COMMORANTIBVS DE CONSENSV AVG.CVSANI EIVSD.ECC.DIAC.CARD.
MOTV PROPRIO CONCESSIT

ATQ. EOD. AN. DIE VII. IVN. INVENTA SVNT IN ADITV CONFES.
CORPORA SS. MART. NEREI ACHILLEI ET DOMITILLAE. MARII
ET MARTHAE . PAPIAE ET MAVRI . TRIB. LOCVLIS DISTINCTA CVM
VETVSTIS INSCRIPTIONIB.QVAE ID. AVG. CARD. IN ALTARI MAIORI
A SE MAGNIFICENTIVS· EXTRVCTO DECENTER COLLOCAVIT
PRAETER SS. PAPIAE ET MAVRI CORPORA QVAE RELIQVIIS
RETENTIS AD S. MARIAE IN VALLICELLA PIO IN EAM ECC. STVDIO
VNA CVM EOR; CAPIT. EX PONT. AVCTE TRANSFERRI CVRAVIT
SIMVLQ. IN EOD. ALTARI DVAS PLVMBEAS ARCVLAS INCLVSIT
QVARVM ALTERA QVAE IN VETERI SERVABATVR CONTINET
OSSA S. HADRIANI MARTYRIS

ET RELIQ. SS. TRIVM PVEROR;. SS. NEREI ACHILL. ET DOMITILLAE
SS. MARII ET MARTHAE S. HIPPOLITI  S. SIMETRII PRAESB.
ALTERA QVAE IN CONFES. ERAT RELIQ. S. SIMEONIS PRAESB.
S. IVSTINI S. RENATI EPI ET ALIOR;. SS. QVOR; NOMINA
IGNORANTVR . AC DEMVM CORP. SS. TRIVM PVEROR; INTRA
CONFESS. IN CAPSA MARMOREA CVM SVA ANTIQVISS.
INSCRIPTIONE POSITA RELIGIOSIVS CONDIDIT

AN. AVTEM M.D.XCVII. DIE XI. MAII
CORPORA SS. NEREI ACHILL. ET DOMITILLAE CELEBRI POMPA
TRANSLATA SVNT IN TITVLVM EORVND. SS. NEREI ET ACHILL.
RELICTA HIC EOR; PARTE . ID . AGENTE CAESARE BARONIO
EIVSD. TIT. PRAESB. CARD. ET ANNVENTE CLEM. VIII. PONT. MAX
ET DENIQVE

ALEX. VII. SVM. PONT. ET DECIO AZZOLINO DIAC. CARD.
RESTAVRATO TEMPLO PIA AC RELIGIOSA LIBERALITATE
C 2                    F. ILDE.

F. ILDEPHONSI DE SOTOMAYOR TOTIVS PTI ORD. MAG.GEN.
ET POSTEA ARCHIEP. ARBOREN. PTA CORP. SS. TRIVM PVERORE
DIE XVI. DECEMB. EX ARA CONFES. IN SACELLVM
A LATERE EPISTOLAE PRO IPSIS VT DECENTIVS ASSERVARENTVR
NOVITER CONSTRVCTVM ADSTANTIB. EOD. DECIO CARD
M.A.ODDO EPO IEROPOLITANO VICESG.CAROLO AZZOLINO EIVSD
DECII GERM.FRE EPO BALNEOREGIEN. RELIGIOSIS HVIVS CONVENT
ET QVAMPLVRIMIS ALIIS                                      .
HONORIFICE TRANSLATA SVNT
AN. M. DC. LVI

**11.**

## S. Mariae de Quercu.

*In pariete.*

SANCTISSIMVS . D. N. D. SIXTVS . DIVINA . PROVIDENTIA . PA-
PA . QVINTVS

CVSTODIBVS . ET . CONFRATRIBVS . CONFRATERNITATIS . SVB .
INVOCATIONE . BEATÆ . MARIE . DE . QVERQVV . NVNCVPATAE

VNIVERSITATIS . MACELLARIOR. . IN . ECCLIA . EIVSDEM . SCÆ .
MARIÆ . DE . QVERQVV . REGGIONIS . ARENVLÆ . CANONICÆ. INSTI

TVTÆ . AD . INSTAR . ALIAR. . ALMÆ . VRBIS . SOCIETATVM
VT . VNVM . CARCERATVM . QVEM . MALVERINT . EX . QVOCVNQ.
CRIMINE

DAMNATVM . CITRA . TAMEN . HERESIS . FALSÆ. MONETÆ. FAL-
SIFFATIONIS . LITTERAR. . SVPPLICATIONVM . CONCESSIONVM . ET

ALIAR. . GRATIAR. . APLICAR. . LESÆ . MAIESTATIS . ASSASSINII .
ET . PROPINATI . VENENI . CRIMINA . ETIAM . SI . VLTIMO . SVP-
PLICIO . PLECTENDVS

VENI.

VENIRET . ET . HABITA . TAMEN . AB . HÆREDIBVS . OFFENSI .
QVATENVS . ALIQVIS . EXISTAT . PACE . AD . LAVDEM . BEATIS-
SIMÆ . ET . SACRATISSIMÆ . DEI

GENITRICIS . SEMPER . VIRGINIS . MARIÆ . PRIMA . DÑICA . POST .
FESTVM . NATIVITATIS . EIVSDEM . BEATÆ . MARIÆ . VIRGINIS .
ET . AD . DI

CTOR . CONFRATRVM . ELECTIONEM . SINGVLIS . ANNIS . PERPE-
TVIS . FVTVRIS . TEMPORIBVS . E . CARCERIBVS . EDVCERE . ET .
EDVCTVM . A

CRIMINE . HVIVSMODI . ET . POENA . EXINDE . PROVENIENTE . .
LIBERARE . VALEANT . APLĪCA . AVCTORITATE . FACVLTATEM .
ET . AVCTORITATEM

CONCESSIT . ET . IMPARTITVS . EST . MANDANS . PRO . TEMPO-
RE . EXISTENTIBVS . DICTÆ . VRBIS . GVBERNATORI . ET . SENA-
TORI . AC . CAVSARV̄

CVRIÆ . CAMERÆ . APLĪCÆ . GÑALI . AVDITORI . ET . ILLORVM .
LOCATENENTIBVS . NEC . NON . CONSERVATORIBVS . CÆTERISQ̄
IVSTITIAE

MINISTRIS . ADMINISTRATORIBVS . ET . OFFICIALIBVS . VT . AD .
BENEPLACITVM . REQVISITIONEM . ET . SIMPLICEM . PETITIONEM .
ET . INSTAN

TIAM . DICTOR . CVSTODVM . ET . CONFRATRVM . AC . IPSIVS .
CONFRATERNITATIS . OFFICIALIVM . CARCERATVM . PER . EOS . VT

PRÆFERTVR . ELIGENDVM . CONFRATERNITATI . SEV . CONFRA-
TRIBVS . ET . OFFICIALIBVS . SVPRADICTIS . IN . DIE . FESTO .
NATIVITATIS

BEATÆ . MARIÆ . VIRGINIS . SINGVLIS . ANNIS . PERPETVIS . FV-
TVRIS . TEMPORIBVS . REALITER . ET . CVM . EFFECTV . RELA-
XENT . AC . RE

LAXARI . FACIANT . ITA . QVOD : A . CARCERIBVS . VT . PRÆ-
MITTITVR . LIBERATO . LIBERE . VBIQ̄ . LOCOR . IRE . REDIRE -
MORARI . NEGOCIA QVE

QVE . TRACTARE . LICEAT . VOLENSQ. VT . OMNES . ET . SINGV-
LI . PROCESSVS . INQVISITIONES . ET . CONDEMNATIONES . CON-
TRA . EVM

FORMATI . ET . FORMANDI . PER . QVOSCVMQ. IVDICES . CITRA .
TAMEN . PRÆSVDICIVM . BONORVM . FISCO . INCORPORATORVM

CASSENTVR . ET . ABOLEANTVR . AC . CASSARI . ET . ABOLERI .
MANDENT . ET . FACIANT . PROVT . IPSEMET . SANCTISSIMVS .
D. N. CASSAVIT

ET . ABOLVIT . NVLLIVSQ. ROBORIS . VEL . MOMENTI . FVISSE .
SEV . FORE . DECREVIT . ITA . QVOD. CARCERATVS . RELAXAN-
DVS . PRÆDICTVS

NVLLO . VNQVA . TEPORE . MOLESTARI . POSSIT . ET . ALIAS ..
CV . CLAVSVLIS . PROVT . IN . LITTERIS . APLICIS . DESVPER .
SVB . PLVMBO . VT . MORIS . EST

EXPEDITIS . PLENIVS . CONTINETVR . SVB . DATVM . ROMÆ. IN
MONTE . QVIRINALI . ANNO . INCARNATIONIS . DOMINICÆ .
M. D. LXXXIX. SEXTO

KAL. AVGVSTI . PONTIFICATVS . SVI . ANNO V. ET . IN . LIBRIS
CAMERE . APLICÆ . PER . D. TYDEVM . DE . MARCHIS . EIVSDEM
ÇAMERE . NO

TVM . REGISTRATIS . VIDELICET . LIB. III. SIGNATVRARI . EIVS-
DE . S. D. N. FOL. CXVL. DIE . XXV. OCTOBRIS . M. D. LXXXIX.

NICOLAO . DE . COLICIS . PRÆNESTIN. ET . IOANNE . BAPTISTA.
PISANO . NEAPOLITANO . CVSTODIBVS

ANTONIO . LOTTINO . LVCEN . CAMERARIO

**32.**
### In Quirinali.
*Ad basim equi marmorei Phidiæ .*

SIXTVS V. PONT. MAX.
SIGNA ALEXANDRI MAGNI

CE-

# CLASSIS I.

CELEBRISQVE EIVS BVCEPHALI
EX ANTIQVITATIS TESTIMONIO
PHIDIÆ ET PRAXITELIS ÆMVLATIONE
HOC MARMORE
AD VIVAM EFFIGIEM EXPRESSA
A FL. CONSTANTINO MAX. E GRÆCIA
ADVECTA SVISQVE IN THERMIS
IN HOC
QVIRINALI MONTE COLLOCATA
TEMPORIS VI DEFORMATA LACERAQVE
AD EIVSDEM IMP. MEMORIAM VRBISQVE
DECOREM IN PRISTINAM FORMAM
RESTITVTA HIC REPONI IVSSIT
AN. M. D. LXXXIX. PONT. IV.

## 53.
## Ibidem.

*Ad eamdem basim ad larvam.*

PHIDIAS NOBILIS SCVLPTOR
AD ARTIFICII PRÆSTANTIAM
DECLARANDAM
ALEXANDRI BVCEPHALVM
DOMANTIS EFFIGIEM
E MARMORE EXPRESSIT

## 54.
## Ibidem.

*Ad basim eqal marmorei Praxitelis.*

PRAXITELES SCVLPTOR
· AD PHIDIÆ RMVLATIONEM
SVI MONVMENTA INGENII
POSTERIS RELINQVERE CVPIENS
EIVSDEM ALEXANDRI
BVCEPHALIQVE SIGNA
FELICI CONTENTIONE
PERFECIT

Ad

## 55.
### Ad columnam Antoninam.
#### Ad Occidentem.

M. AVRELIVS IMP.
ARMENIS PARTIS
GERMANISQ BELLO
MAXIMO DEVICTIS
TRIVMPHALEM HANC
COLVMNAM REBVS
GESTIS INSIGNEM
IMP. ANTONINO PIO
PATRI DEDICAVIT.

## 57.
### Ibidem.
#### Ad Orientem.

SIXTVS V. PONT. MAX.
COLVMNAM HANC
AB OMNI IMPIETATE
EXPVRGATAM
S. PAVLO APOSTOLO
AENEA EIVS STATVA
INAVRATA IN SVMMO
VERTICE POSITA D.D.
A. M. D. LXXXIX. PONT. IV.

## 56.
### Ibidem.
#### Ad Meridiem.

SIXTVS V. PONT. MAX.
COLVMNAM HANC
COCHLIDEM IMP.
ANTONINO DICATAM
MISERE LACERAM
RVINOSAMQVE PRIMAE
FORMAE RESTITVIT
A. M. D. LXXXIX. PONT. IV.

## 58.
### Ibidem.
#### Ad Septentrionem.

TRIVMPHALIS
ET SACRA NVNC SVM
CHRISTI VERE PIVM
DISCIPVLVM FERENS
QVI PER CRVCIS
PRAEDICATIONEM
DE ROMANIS BARBARISQ
TRIVMPHAVIT

## 59.
### Ad obeliscum in area S. Mariae de Populo.

ANTE SACRAM ILLIVS AEDEM
AVGVSTIOR LAETIORQVE SVRGO
CVIVS EX VTERO VIRGINALI
AVG. IMPERANTE
SOL IVSTITIAE EXORTVS EST

## 60.
## Ibidem.

SIXTVS V. PONT. MAX.
OBELISCVM HVNC A CÆS. AVG.
SOLI IN CIRCO MAX.
RITV DICATVM IMPIO
MISERANDA RVINA FRACTVM OBRVTVMQVE
ERVI TRANSFERRI FORMÆ SVÆ REDDI
CRVCIQ. INVICTISS. DEDICARI
IVSSIT
A. M. D. LXXXIX. PONT. IV.

## 61.
## In area Capitolina.
*Ad Marii trophea.*

SIXTI V. PONT. MAX. AVCTORITATE
TROPHEA C. MARII VII. COS. DE TEVTONIS
ET CIMBRIS EX COLLE ESQVILINO ET RVINOSÓ
AQVAE OLIM MARCIAE CASTELLO
IN CAPITOLIVM TRANSLATA ERECTIS BASIBVS
ILLVŚTRI LOCO STATVENDA CVRAVERE
PAVLVS AEMILIVS ZEPHYRVS
HIERONYMVS MORONVS          CONS.
POMPEIVS CAVALERIVS
DOMINICVS DE CAPITE FERREO PRIOR
ANNO SALVT. MDXC.

## 62.
## In Vaticano.

SIXTVS V. PONT. MAX
AEDES LOCO APERTO AC SALVBRI
GRATO VRBIS ASPECTV INSIGNES
PONTIFICVM COMMODITATI FECIT
AN. MDXC. PONTIF. VI

### 63.

SS. Vincentii & Anastasii in Trivio.

*In pariete majoris arae, dextrorsum.*

D. O. M.
SIXTVS V. P. M.
PONTIFICIIS ÆDIBVS IN QVIRINALI AMPLIATIS
ET IN YSDEM PRIMVS SVPREMA MORTALIS VITÆ EXPLETA PERIODO
AD HANC APOSTOLICI PALATY PAROCHIALEM ECCLESIAM
VT EADEM EXIMYS AVGERETVR HONORIBVS
EX SVIS PRÆCORDYS PORTIONE DELATA
ROMANORVM PONTIFICVM
MONVMENTA PRIMA RELIQVIT
DIE XXVII. AVGVSTI M.D.X.C

### 64.

S. Michaelis ad Ripam.

*sub pontificis prosome.*

SIXTO V.
FVNDATORI
OPTIMO

### 65.

In Academia Romana.

*In fronte.*
SIXTVS V. PONT. MAX.
INITIVM SAPIENTIAE
EST
TIMOR DOMINI

### 66.

In basilica Liberiana.

*Ad sepulchrum S. Pii Papae V.*

PIO QVINTO PONT. MAX.
EX ORDINE PRÆDIC.
SIXTVS QVINTVS PONT. MAX.
EX ORDINE MINORVM
GRATI ANIMI MONVMENTVM
POSVIT

Ibi-

## 67.

## SS. XII. Apoſtolorum.

*In Coenobio prope chori januam ſub imagine pontificis depicta.*

SISTVS . V. PICENVS . P. M.
ORD. MIN. CON. DOMVM HANC
ÆDIFICIIS . FONTIBVS . REDDITIBVS
AC COLLEGIO  .
S. BONAVENTVRÆ INSIGNIVIT
CREATVS A. D. MDLXXXV.

## 68.

## Ibidem.

*In collegio S. Bonaventura ſub pontificis ſimulacro :*

ECCLESIÆ MAGIS QVAM ORDINI SVO

SYXTVS V.
PONTIFICV̄ . PRINCIPV̄ SAPIENTV̄
SVMMVS . OPTIMVS . MAXIMVS
HOCCE S. BONAVENTVRÆ COLLEGIV̄
EREXIT . DOTAVIT . STATVTISQVS
MVNIVIT .

## 69.

## S. Mariae Majoris.

*Ad pontificis manſoleum :*

SIXTO V. PONT. MAX.
EX ORD. MINOR.
ALEXANDER PERETTVS
S. R. E. CARD. VICECAN.
EX SORORE PRONEPOS
PERFECIT

*In bafi fub fimulacro .*

SIXTVS . V. PONT. MAX.

CVPRIS . AD . LITTVS . SVPERI . MARIS . IN . PICENO . NATVS .
MONTALTI . EDVCATVS

F. FELIX . PERETTVS . EX . ORD. MINOR. THEOLOGVS . ET . CON-
CIONATOR . INSIGNIS

HAERETICAE . PRAVITATIS . INQVISITOR . SVI . ORD. PROC. ET .
VIC. GENERALIS

A . PIO . IV. PONT. MAX. CVM . VGONE . BONCOMPAGNO . CARD.
LEGATO . APOSTOLICO . IN . HISPANIAM . MISSVS

PIO . V. PONT. MAX. OB . SPECTATVM . FIDEI . ZELVM . EXIMIE .
CHARVS . AB . EOQVE

EPISCOPVS . S. AGATHAE. ET . S. R. E. CARD. FACTVS . MAGNISQ.
NEGOTIIS . ADHIDITVS

SVMMO . SACRI . COLLEGII . CONSENSV . PONT. MAX. CREATVS .
TOTO . PONTIFICATV

IVSTITIAE . PRVDENTIAE . ANIMIQ. MAGNITVDINIS . LAVDE .
FLORVIT .

*Ad dexteram fub anaglypho .*

BEATVM . DIDACVM . HISPANVM . EX . ORD. FRATRVM . MINOR.

PHILIPPO . REGE . CATHOLICO . SVPPLICANTE

IN . SANCTORVM . NVMERVM . RETVLIT

CAPTIVIS . REDIMENDIS

PAVPERIBVS . IN . CVSTODIA . INCLVSIS

AD . AES . ALIENVM . DISSOLVENDVM

VIRGINIBVS . DOTANDIS

FRVGTVS . ANNVOS . ATTRIBVIT

VICTVM . PER . VRBEM . OSTIATIM . QVAERENTIBVS

DOMVM . IN . QVA . ALERENTVR . AEDIFICAVIT

*Ad finiftram fub anaglypho.*

HIPPOLYTO . CARD. ALDOBRANDINO . LEG. IN . POLON. MISSO
CONTROVERSIAS . INTER . AVSTRIACAM . DOMVM
ET . SIGISMVNDVM . POLONIAE . REGEM . COMPOSVIT
EXVLVM . ET . PERDITORVM . HOMINVM
LICENTIAM . COBRCVIT
PVBLICAM . TRANQVILLITATEM . RESTITVIT
VRBEM . AEDIFICIORVM . MAGNIFICENTIA
IN . PRIMISQ. VATICANA . TESTVDINE . ORNAVIT
AQVAM . FELICEM
OPERE . SVMPTVOSO . ADDVXIT

## 70.

## In palatio Confervatorum .

*Sub ftatua aenea pontificis fedentis .*

SIXTO . V. PONT. MAX.
OB . QVIETEM . PVBLICAM
COMPRESSA . SICARIORVM . EXVLVMQVE
LICENTIA . RESTITVTAM
ANNONAE . INOPIAM . SVBLEVATAM
VRBEM . AEDIFICIIS . VIIS . AQVAEDVCTV
ILLVSTRATAM
S.   P.   Q.   R.

*Ad laevam .*

PROSPERO COMITE
DE GENGA
CAMILLO CVCCINO
AEQVITE CHRISTI
BERNARDINO GEORCIO
COSS
AEQVITE OCTAVIO BVBALO
DE CACELLARIIS
PRI. CAP. REG.

*Ad dexteram.*        *Item ad laevam.*

| | |
|---|---|
| ALEXANDRO MVTIO | LVDOVICO SANCTINO |
| DOMINICO CAPRANICO | CAMILLO PAMPHILIO |
| IO. BAPT. PLANCA CORONATO | P. MATTHIA PIGNANELLO |
| COSS. | COSS |
| TIBERIO MAXIMO | C. IVVENALIO MANECTO |
| CAP. REG. PRIORE | CAP. REG. PRL II. |

## 78.
## S. Andreae de Valle.
*In pariete.*

SANCTVS . SEBASTIANVS . MILES . CHRISTI . FORTISSIMVS

SAGITTIS . DIOCLETIANI . IVSSV . CONFIGITVR . VIRGIS . CAEDI-
TVR . IN . CLOACAM . DEIICITVR

INDE . A . LVCINA . MATRONA . ROMANA . EIVS . IN . SOMNIS .
MONITV . EXIMITVR

ET . IN . CALLISTI . COEMETERIO . CONDITVR . FACTI . INDI-
CEM . PLEBS . OLIM . VENERABVNDA .

AEDICVLAM . EXCITAVIT

CVIVS . HIC . NVPER . ALTARE . MAIVS . CVM APSIDE . STETIT

HANC . SIXTVS . V. P. M. EA . LEGE . AEQVARI . SOLO . PERMISIT

VT . ILLIVS . PARS . NOVAE . AEDIS . AMBITV . INCLVDERETVR .

AD . RETINENDAM . LOCI . RELIGIONEM . REIQ. MEMORIAM

MAPHAEVS . S. R. E. PRESBYTER . CARDINALIS . BARBERINVS

SIGNATVRAE . IVSTITIAE . PRAEFECTVS

HOC . VOLVIT . EXTARE . MONVMENTVM

ANNO . SALVTIS . CIↃIↃCXVI

# S. R. E. CARDINALES

## CLASSIS SECUNDA.

---

### I.

### S. Clementis.

*Sepulcrum cum statua jacente.*

ANTONIO IACOBO VENERIO RACHANATEN. TT. S. CLEMEN
TIS PRAESBITERO CARDINALI EPO CONCHEN. MAGNANIMITATIS
CONSTANTIE SEVERITATIS FIDEI INTEGRITATIS EXEMPLO
CVNCTIS IN ROMANA CVRIA HONORIBVS AC IN OMNIBVS
PENE OCCIDENTIS ORIS MIRA CRTIA (&c) FELICISS. SVCCESSV
LEGATIONE PERFVNCTO IN CADINALEM (&c) OB MERITA TOTIVS
SENATVS SVFFAGIIS (&c) ASSVMPTO XISTVS IIII. PONT. MAX. B. P.
ANNVM AGENS LVII. III. NON. AVG. AN. SAL. MCCCCLXXIX. IN
PATRIA DECESSIT

### 2.

### S. Marcelli.

*Cum imagine depicta.*

ASCANIVS PARISANVS
TOLENTINAS
S. R. E. CARD.
CAIACENSIS MOK ARIMINENSIS EPISCOPVS
QVI OD
EXIMIAS ANIMI DOTES
A CLEMENTE VII.
DATARIE APOSTOLICE PRAEPOSITVS
A PAVLO III.
IN AMPLISSIMVM CARDD. COLLEGIVM
COOPTA.

COOPTARI PROMÆRVIT
VTRIQVE PONTIFICI MAXIMO ACCEPTISSIMVS
LEGATIONIBVS VMBRIÆ PRIMVM AC PERVSIÆ
DEIN AD CÆSAREM CAROLVM V.
POSTREMO TERRESTRIS MARITIMIQVE LATII
EGREGIE PERFVNCTVS
RELIGIOSI ORDINIS SERVORVM B. MARIÆ
PROTECTOR
OBIIT PIETATE AC MVNIFICENTIA CLARVS
III. NON. APRIL. MDXLIX.
ET IN HOC SACELLO A SE CONDITO
SEPVLCRVM ELEGIT.

3.

S. Mariæ Majoris.

*Cum imagine depicta.*

D. O. M.
DECIO . AZZOLINO . FIRMANO
S. R. E. CARD. HVIVS . BASILICÆ . ARCHIPRESB.
QVI . FIDEM . AC . INTEGRITATEM . SVAM
SIXTO . V. PONT. MAX. IN . CARDINALATV . PRIMVM
DEINDE . IN . PONTIFICATV . ITA . PROBAVIT
VT . ANNI . SPATIO . AD . SVMMAS . DIGNITATES
MERITO . EIVS . SIT . EVECTVS
MAIVS . IN . DIEM . PROBITATIS . SVÆ . DATVRVS . SPECIMEN
NISI . IMMATVRA . MORTE . PRAEREPTVS
IN . MEDIO . VITAE . CVRSV . DEFECISSET
VIXIT . ANN. XXXVII. MEN. III. DIES . VIIII
OBIIT . IX. OCTOB. MDLXXXVII
IOANNES . BAPTISTA . CARD. CASTRVCCIVS
MEMORIAE . CAVSA . AMICO . OPTIMO . POSVIT

Ibi-

4.
## Ibidem.
*In pavimento.*

DECIO AZOLINO FIRMANO
S. R. E. CARD. ET HVIVSCE BASILICAE
ARCHIPRESB.
A SIXTO V. PONT. MAX. CVI A SECRETIS ERAT
OB PERPETVAM FIDEM ET IN REBVS AGENDIS PRVDENTIAM
AD CARDINALATVM ASSVMPTO ET POST XXI. MENSES
EXTINCTO ÆTATIS SVÆ ANNO XXXVIII. MDLXXXVII.
P. D. M. PII GRATIQVE ANIMI SVI MONVMENTVM
BENEMERENTI POSVERE

---

5.
## S. Helenae Credentiariorum.
*In pariete.*

IN . DEI . NOMINE . AMEN
ANNO . A . NATIVITATE . D. N. IESV . CPI (fic)
M. D. XCIIII. DIE . XVII. NOVEMB. POT⁵ ᵃ.ᴹᴵ IN . CERTO
PRIS . ET . D. N. D. CLEM. DIVINA . PROVID.ᴬ PAPE . VIII. ANO . III
ILL.ᴹᵛˢ ET . R.ᴹᵛˢ D. ALEXANDER . PERETTVS TIT. S.ᵀᴵ LAVREN.ᵀᴵᴵ
IN . DAMASO . DIAC⁵ CARD.ᴸᴵˢ MONTALTVS . S.ᴹᴵ DN. PAPE . VICE
(Ec)GANC.⁵ ET . PRO . EO . R.P.D. BERNARD.⁵ MORRA. VTR. SICNAᴿᴱ
EIVSD.S.ᴹᴵ D. N. PAPE . REFER.⁵ VIGORE . INDVLTI . LITERARVM
APOST.ᴿᵛᴹ FACVLTATIS . EIVS . CONCESSE . SVPPRIMENDI
NONVLLAS ECCLESI.ᴬˢ PARROCHIALES . VRBIS . ET . ILLAS . EOR
ARBITRIO . CONFERENDI . ET . CONCEDENDI . PROVT . IN
HMODI . LIRIS . IN . FORMA . BREVIS . SVB . ANVLO . PISCATORIS

*Inscript. Pic.*                    E                    EXPE-

EXPEDITIS . SVB . DATⓋ. ROMÆ . APVD . S. MARCVM . DIE . XV

SEPTĒBRIS . MDLXXXXIV. ECL.<sup>AM</sup> PAR.<sup>EM</sup> S.NICOLAI DE.MOLINIS. DE

REGIONE . S. EVSTACHII . VRBIS . SVPPRESSIT . ET . DEINDE

ILLAM . VEN.<sup>LI</sup> CONFRATERNITATI . CREDENTIARIOℳ . VRBIS

ET . PRO . EA . D. D. BARTO.<sup>MEO</sup> . VITO . PRIORI . LAVRĒTIO .

FORNARINO

ĪOI . SAVAGGIANO . ET . PETRO . CASSAIO . CREDĒTIERIIS . A .

DICTA

CONFRAT.<sup>E</sup> AD . ID . DEPVTATIS . CONTVLIT . ET . CONCESSIT

SVB . AÑVA . RECOGNITIONE . ET . RESPONTIONE (ſc) . VNIVS

LIBRÆ . CERÆ . ALBÆ . SINGVLIS . ANNIS . CONSIGNAN. VEN.<sup>LI</sup>

ET . COLLEGIATÆ . ECCL.<sup>Æ</sup> S.<sup>TI</sup> LAVRĒTII. IN. DAMASO . PROVT. DE

D.<sup>TA</sup> COCESSIONE . ET . DE . LITERIS . APL.<sup>CIS</sup> IBID. REGISTRA-

TIS - ET . DE

DEPVTATIONE . D.<sup>1</sup> R. P. D. BERNARDINI . PER . ĹRAS . PATENTES.

SVB . DIE . X . OCTOBRIS . M. DLXXXXIV. IBID. ET . IAM

REGISTRATAS . CONSTAT

EX . INSTRVMĒTO . PVB<sup>CO</sup> . ROGATO . PER . D.

ANTONIⓋ . MAINARDⓋ . CVRIÆ . ILL<sup>MI</sup> D. A. C. NOTⓋM

SVB . DICTA . DIE

AD . CVIVS . REI . PERPETVAM . MEMORIAM

OFFICIALES . D.<sup>B</sup> VEN.<sup>LIS</sup> CONFRATER.<sup>TIS</sup> SANCTAE

HELENÆ . CREDENTIEℛ . VRBIS . LAPIDEM . HVNC

INCIDI . ET . IN . PVBLICVM . HIC . ESPONI (ſc) CVRARVNT

ANNO . DOMINI . M. D. CXXVII.

## 6.
### S. Calixti.

*In laquari.*

ALEX. CARD
MONTAL. CONGR
CAS. PROTECTOR
PAVLI . V. P. M.
PONTIFICATVS
ANNO . IIII.

## 7.
### S. Andreae de Valle.

*Ad mausoleum pontificis.*

*In vertice.*
PIVS PP. II.

*Sub urna.*

PIVS II. PONT. MAX. NATIONE TVSCVS PATRIA SENEN. GENTE PICO
LOMINEA SEDIT AN. VI. AVGVSTA IN ANGVSTO PONTIFICATV
GLORIA

CONVENTVM CHRISTIANORVM MANTVAE PRO FIDE HABVIT

OPPVGNATORIBVS ROM. SEDIS INTRA ATQ. EXTRA ITALIAM
RESTITIT

CATHARINAM SENEN. INTER SANCTAS CHRISTI RETVLIT IN GALLIA

PRAGMATICAM ABROGAVIT FERDINANDVM ARAGONEN. IN RE-
GNVM

SICILIAE CIS. FRETVM RESTITVIT REM ECCLESIAE AVXIT FODINAS
INVENTI TVM PRIMVM ALVMINIS APVD TOLFAM INSTITVIT CVLTOR
IVSTITIAE ET RELIGIONIS ELOQVIO ADMIRABILIS PARATA CLASSE
AC VENETORVM DVCE CVM SVO SENATV COMMILITONIBVS CHRI-
STI HABITIS

IN BELLO TVRCIS INDICTO ANCONAE DECESSIT EX PATRVM DE-
CRETO IN VRBEM

RELATVS IN BASILICA S. PETRI AN. MCCCCLXIIII CONDITVR TVM
RELICTO

IBIDEM CAPITE S. ANDREAE APOST. VBI AD SE EX POLOPONESO
ADVECTVM COLLOCARAT

ALEXANDRI PERETTI CARD. MONTALTI PIETATE HVC CVM PII III.
NEPOTIS OSSIBVS

SVMMO TRANSLATVS HONORE HIC HONORIFICE TVMVLATVR
KAL. FEBR. AN. MDCXXIII.

*Sub eadem inscriptione.*
ALEXANDER PERETTVS

S. R. E. VICECANCELL.

CARD. MONTALTVS

IN PICCOLOMINEORVM DOMO

A CONSTANTIA AMALPHIS DVCE

CLERICIS REGVLARIB. DONO DATA

B. ANDREAE TEMPLVM AEDIFICAVIT

PIO II. P. M. MONVMENTVM

RESTITVIT ET ORNAVIT

AN. SAL. MDCXIIII

**8.**

**Ibidem.**

*Ad alteram mausoleam.*

*In vertice.*

PIVS III

*Sub urna.*

PIO III. PONT. MAX. PII II. NEPOTI
CVNCTIS VIRTVTIBVS ORNATISSIMO
POST LEGATIONES VRBIS PICENI GALLIAE
ATQ. GERMANIAE INTEGERRIME OBITAS
AD SVMMVM PONTIFIC. EVECTO VI. ET XX. DIE
PVBLICO OMNIVM LVCTV VI MORTIS ARREPTO
IACOBVS ET ANDREAS FRATRI SANCTISS. POSS.
VIXIT ANN. LXIIII. M. V. D. X.
OBIIT AN. SAL. MDIII. XV. KAL. NOVEM.

*Sub*

*Sub eadem inscriptione.*
ALEXANDER PERETTVS
& R. E. VICECANCELL.
CARD. MONTALTVS
SEPVLCHRVM PII III. PONT. MAX:
ET PII II. EX ADVERSO POSITVM
PAVLO V. P. M. CONCEDENTE
E VATICANO TRANSLATVM
MAGNIFICENTIVS REPONENDVM
CVRAVIT
AN. SAL. MDCXIIII

### 9.
## SS. Trinitatis Peregrinorum.
*In coenaculi pariete.*

ALEXANDRO . PERETTO . S. R. E. CARD. MONTALTO
VICECANCELLARIO
HVIVS. XENODOCHII . PATRONO . CVIVS
INTEREA . INOPIAM . INGENTI . SVPPEDITATO . AERE
SAEPE . AC . SVBINDE . LEVAVIT . VT . SVAE . FRVCTVM
MVNIFICENTIAE . COMMVNI . PEREGRINORVM . HOSPITIO
LARGITER. IMPARTITVM . CVM . TOTO. TERRARVM . ORBE
COMMVNICARET
SODALITAS . AD . GRATI . ANIMI . TESTIFICATIONEM
POS. ANNO . DNI . M.D.C.XXIIII·

### IO.
## S. Andreae de Valle.
*In pariete , supra interiorem januam.*

TEMPLVM MOLE ET CVLTV AVGVSTVM
AB ALEXANDRO CARD. MONTALTO IN VRBIS CENTRO
BASILICE EXCITATVM
ALEXANDRI VII. P. O. M. INGENITAE MVNIFICENTIAE
SVPREMAM SVI SPLENDORIS MAIESTATEM DEBET
QVIPPE VLTIMIS VOTIS FRANCISCI PERETTI CARD. MONTALTI
VT EXTIMA EIVS FACIES OPVLENTIS PROVENTIBVS

PER

PER ILLIVS OBITVM APOSTOLICAE SEDI MOX DEVOLVENDIS
EXORNARETVR
CLEMENTISSIME INDVLSIT
REGVLARES CLERICI
SACRAS EXIMIAE LIBERALITATIS PRIMITIAS
A TANTO PONTIFICE DIVO ANDREAE DICATAS
SIBI ET EIVS TEMPLO GRATVLATI
OBSEQVIOSIS ILLIS GRATISQ. LITTERIS
AD PERPETVVM POSTERITATIS DOCVMENTVM
EVVLGANDAS CENSVERVNT
ANNO X͞P͞I D͞N͞I MDCLV. ALEXANDRI VII. PONTIFICATVS P͞O

---

11.
S. Sufannae.
*In fronte ecclefia.*

HIER. EPI. PORT. CARD. RVSTICVCIVS PAPAE VICAR. A. M.DCIII

12.
Ibidem.
*Supra interiorem januam.*

HIER. CARD.
RVSTICVCIVS
EPISC. ALBANEN.
PP. VICARIVS
M.D.XCIX

13.
Ibidem.
*In cryptis.*

HIERONYMVS RVSTICVCIVS
S. R. E. PRESB. CARD.
TITVLI HVIVS ECCLESIAE
VICARIVS PAPAE

MONV-

MONVMENTVM AD SS. MARTYRES
DEVOTIONIS CAVSA
VIVENS SIBI POSVIT
ANNO AETATIS SVAE LIX
SAL. HVM. M.D.XCV
OBIIT XIV. IVNII M.DCIII

**14.**
## S. Laurentii in Lucina.
*In pariete .*

EVANGELISTA PALLOTTA TT. S. LAVRENTII
IN LVCINA PRESB. CARD. CVSENT. HAS ÆDES
CONSTRVI ET IN HANC FORMAM REDIGI
SVO ÆRE IVSSIT ANNO MDCX

**15.**
## In baſilica Vaticana.
*Ad aram SS. Simonis & Judae :*

CORPORA SS. SIMONIS ET IVDÆ
APOSTOLORVM
SVB ALTARI ANTIQVISSIMO IN VATICANA BASILICA
EORVM NOMINI DICATO
AD MERIDIEM INTER QVINTAM ET SEXTAM COLVMNAM
AB INGRESSV MEDIÆ NAVIS
I. OCTOBRIS ANNI INFRASCRIPTI
INTRA MARMOREAM ARCAM
IVXTA VETEREM TRADITIONEM REPERTA
CVM EA PARS ECCLESIÆ RVERET
PAVLI V. PONT. MAX. IVSSV
EVANGELISTA PALLOTTA TIT. S. LAVRENTII IN LVCINA
CARDINALIS CVSENTINVS EIVSDEM BASILICE ARCHIPRESBYTER
IN NOVVM TEMPLVM TRANSTVLIT
ET SOLEMNI RITV HAC SVB ARA RECONDIDIT
DIE XXVII. DECEMBRIS FESTO S. IO. EVANGELISTÆ
ANNO MDCCV
PONTIFICATVS EIVSDEM S. D. N. ANNO PRIMO

S. Ma-

## 16.

### S. Mariae Majoris.

*Sepulcrum cum prosome.*

D. O. M.

MARIANO . PERBENEDICTO

S. R. E. CARD. DE . CAMERINO . EPISCOPO . TVSCVLANO

QVI . AVITAM . NOBILITATEM . MVLTIPLICI . DOCTRINA

VITAE . INTEGRITATE . SCELERVM . ODIO

REI . CATTHOLICAE . ECCLESIASTICAE . LIBERTATIS

ET . PVBLICI . BONI . ACRI . STVDIO . ILLVSTRAVIT

A . GREG. XIII. ABBAS . ET . EPISC. MARTIRANI

A . SIXTO . V. PRAEFECTVS . VRBIS . ET . CARD. CREATVS

A . GREGORIO . XIIII. ET . AMPLIORI . CVM . POTESTATE

AB . INNOCENTIO . IX. CLEMENTE . VIII. LEONE . XI.

TRIBVNALIBVS . ECCLESIASTICAE . DITIONIS

ET . POLITICIS . CONSVLTATIONIBVS . PRAEPOSITVS

A . S. D. N. PAVLO . V. DONEC . SCIPIONEM . BVRGHESIV̄ . NEPOT.

VOTIS . CONMVNIBVS . CARDINALEM . DARET

NEGOTIIS . OMNIBVS . ECCLESIASTICI . STATVS

ETIAM . MILITARIBVS . PRAEFECTVS

QVIBVS . ALIIS . MVNERIBVS . PRAECLARE . GESTIS

OBIIT . ANNO . AETATIS . LXXII.

SALVT. CIƆ. IƆ. C. XL. XIII. KAL. FEBRVARII

MARIANVS . PERBENEDICTVS . NEPOS . ET . HÆRES

PATRVO . DE . SE . BENEMERITO . MOESTISS. P. C.

## 17.

### S. Augustini.

*In pariete cum imagine depicta.*

F. GREGORIO . PETROCHINO . A . MONTE . ELPARO

S. R. E. EPISC. CARD. PRAENESTINO

QVI .

QVI . A . PRIMA . AETATE . CVM . SE . ORDINI . EREMIT.

S. AVGVSTINI . DICASSET

PER . SINGVLOS . EIVS . GRADVS

AD . SVPREMVM . REGIMEN . EVECTVS

INDE . OB . SPECTATA . VIRTVTVM . MERITA

A . SIXTO . V. PONT. MAX.

IN . AMPLISSIMVM . COLLEGIVM . COOPTATVS

CVMQ. IN . OMNI . VITA . TANTO . SE . HONORE

MAIORIBVSQ. INCREMENTIS

DIGNISSIMVM . PRAESTITISSET

MORIENS . TANDEM . AD . B. MATRIS . MONICAE . PEDES

QVAM . PRAECIPVA . VIVENS . PIETATE . COLVERAT

SE . DEPONI . ANTEQVE . EIVS . ARAM

BINAS . PERPETVO . LAMPADES . COLLVCERE

SACRVMQ. IBIDEM . BIS . QVOTIDIE . FIERI

A . TEMPLI . HVIVS . SACERDOTIBVS

PRO . ANIMAE . SVAE . SALVTE

TESTAMENTO . MANDAVIT

LEGATIS . COENOBIO . AVREIS . BIS . MILLE

QVIBVS . ANNVVM . PERPETVVM . REDITVM

AD . PRAEDICTA . COMPARARENT

IACOBVS . PHILIPPVS . PETROCHINVS . HAERES

PATRVO . OPTIMO . P. C. AN. SAL. MDCXIII

## I8.
### Ibidem .
*Humi .*

D. O. M.

FRATRI GREGORIO PETROCHINO A MONTE ELPARO

S. R. E. EPISCOPO  CARDINALI PRAENESTINO

*Inscript. Plu.*                     F                     VIRO

VIRO DIVINARVM RERVM SCIENTIA VITAE INNOCENTIA
MORVM SVAVITATE MIRA HVMANITATE
TOTI AVLAE CONSPICVO
QVOD COMMVNI AVRA ET BENEVOLENTIA IN OMNI VITA
PVBLICO MOERORE ET LVCTV IN MORTE COMPROBAVIT
VIXIT ANNOS LXVI MENSES III DIES VIII
OBIIT XIII KAL IVNII MDCXII
IACOBVS PHILIPPVS PETROCHINVS NEPOS
ET EX TESTAMENTO HERES
PATRVO OPTIMO ET BENEMERENTI
CVM LACHRYMIS P. C.

19.
### S. Mariae de Aracoeli.
*In facrario, bami.*

ANT. MARIAE CARD. GALLO
SAC. COLL. DECANO
PATRICIO ET EPO AVXIMANO
ALMAE DOMVS LAVRETANAE
PROTECTORI
PETRVS STEPHANVS GALLVS
EX TESTAMENTO HAERES
PATRVO BENEMEREN
POSVIT

20.
### S. Silveſtri in Quirinali.
*Humi.*

D. O. M.
IACOBO . SANNESIO
S. R. E. CARDINALI
EPISC. VRBEVETANO

CLE-

# CLASSIS II.

**43**

CLEMENS . SENNESIVS
MARCHIO . COLLISLONGI
FRATRI . OPTIMO
POSVIT
OBIIT XX FEBRVARII
MDCXXI

21.

S. Laurentii in Panisperna.
*Hawi .*

D. O. M.
FRANCISCO MASSARIO
CASPERIENSI
HONESTO GENERE ORTO
VIRO
MORVM CANDORE
ANIMI MODESTIA
ET IN REB. AGENDIS SOLERTIA
NVLLI SECVNDO
QVI
DVM AD HONORIFICA MVNERA
GRADVM SIBI FACERET
PRAEPROPERA MORTE PRAEVENTVS
OBIIT DIE XV. IVLII MDCLXXX.
AETATIS SVAE ANNO XLI.
DECIVS CARD. AZZOLINVS
FAMILIARI CHARISSIMO
OB SPECTATAM FIDEM B. M. P.

22;

In templo Vallicelliano,
*Hawi .*

DEO OPT. MAX
VIXIT
DECIVS CARDINALIS AZZOLINVS FIRMANVS

F 2                               EGRE.

# INSCRIPT. PICENAE

EGREGIA FIDE INVICTA ANIMI FORTITVDINE
APOSTOLICÆ SEDI PERPETVO ADDICTVS
SVMMIS PONTIFICIBVS ACCEPTISSIMVS
APVD QVOS
CONSILIO POTENS OPERE STRENVVS
MAGNÆ CHRISTINÆ ALEXANDRÆ
ORTHODOXÆ SVECORVM REGINÆ
EX TESTAMENTO HÆRES
OBIIT
VI. ID. IVN. MDCLXXXIX
ÆTAT. LXVII.

## 23.

S. Johannis in Laterano .

*Sepulcrum cum protome ex anaglypho .*

D. O. M.

GABRIELI PHILIPPVCCIO
PATRITIO MACERATENSI
HVIVS BASILICÆ CANONICO
DIVINI HVMANIQVE IVRIS SCIENTISS.
QVI POST VARIOS HONORVM GRADVS
A CLEMENTE XI. P. M.
SACRO PVRPVRATORVM PATRVM
COLLEGIO ASCRIPTVS
DELATAM VLTRO DIGNITATEM
SINGVLARI CHRISTIANÆ MODESTIÆ EXEMPLO
RECVSAVIT
FRANCISCVS DE VICO V. S. R. EIVSD. BAS. CAN.
AVVNCVLO BENE DE SE MERITO
P. C.
VIXIT ANN. LXXVI. OBIIT A. S. MDCCVI.

S. Cle-

24.

## S. Clarae.

*In pariete cum imagine depicta.*

D. O. M.
CHRISTIANAM HVMILITATEM
NOSTRO ÆVO REDIVIVAM
IN GABRIELE PHILIPPVCCIO
PATRITIO MACERATENSI
MIRABITVR POSTERITAS
HIC
SVI IPSIVS VICTOR ET HOSTIS
CILICIO IEIVNII DOMATO CORPORE
MENTE AB OMNI FASTV REVOCATA
AVLÆ ILLECEBRIS IMMOTVS
COLLATAM SIBI
CARDINALATVS
AMPLISSIMAM DIGNITATEM
A SS. D. N. CLEM. XI. P. O. M.
CONSVMMATIS LABORIBVS DEBITAM
CONSTANTI ANIMO DIMISIT
DOCTISSIMI ET PRÆCLARISSIMI
VIRI GLORIAM
AMICI OPTIME MERITI
INTEGRITATEM
ABBAS GVIDO BOVIVS
PATRICIVS BONONIEN.
ÆTERNITATI CONSECRABAT
ANNO RESTITVTÆ SALVTIS
MDCCVI

25.
### SS. XII. Apostolorum.
*Humi .*

D. O. M.

IOSEPHO TIT. S. MARIÆ
ANGELORVM
PRESBYTERO CARDINALI
VALLEMANO FABRIANENSI
POST AMPLISSIMA S. SEDIS
MVNERA
CVM EXIMIÆ FORTITVDINIS
ET INTEGRIT. LAVDE PERACTA
AD PAL. APLS PRÆFECTVRAM
AC SAC. PVRPVRÆ DICVS EVECTO
A SVM. PONT. CLEMENTE XI
ORDINIS MINOR. CONVENTVALIVM
PROTECTORI
OBIIT DIE XV DECEMBRIS . AN. IVBIL
MDCCXXV HIC CONDITO
COMES RAYNALDVS
VALLEMANVS F. F.
M. M. P.

26.
### S. Salvatoris in Lauro.
*Sepulcrum cum protome .*

D O M

PROSPERO MAREFVSCO MACERATENSI S. R. E. CARDINALI
PONT. MAXX. BENEDICTI XIII ET CLEMENTIS XII. VIC. GEN.
A SAC. COGNITIONIBVS OPTIM. PRINCIPVM CLEMENTIS XI
INNOC. ET BENED. XIIL VIX. AN. LXXVIII. M. IIII. D. XXVI.
MARIVS MASS. MAREFVSCVS S. RIT. CONG. A SEC.
HERES AVVNCVLO B. M. F. I.

ibi-

**17.**

## Ibidem .

*Hemi .*

PROSPER

S. R. E. PRESD.

CARD. MAREFVSCVS

H. S. E.

**18.**

## Ibidem .

*Sepulcrum cum protome .*

D. O. M.

RAYNERIO SIMONETTO AVXIMANO

AD VTRIVSQE (sic) SICILIÆ REGEM LEGATO

VRBIS PREFECTO

S. R. E. CARDINALI ET EPŌ VITERBIEN.

COMES FRIDERICVS SIMONETTI GERM. FRAT. ET HÆRES

POSVIT

VIX. ANNOS LXXIII. M. VIII. D. VIII

OBIIT XX. AVG. MDCCXLIX.

EPIS-

# EPISCOPI
## CLASSIS TERTIA.

**I.**

### S. Mariae in Cupella.
*In pariete.*

ANN DNICE INCARNATIOIS M
CXIII INDIC. VI. DIE VIII. MAR
CSECRATU E H' ALTARE IN HONOR
DNI NRI IHV XPI ET BTE MARIE
VIRG. ET OIV APLORV ET SCOR
MR STEPHI ET LAVRI TEPE
DONI PASCHALIS SECDI PP
ET RECDITE ST IN EO RELIQ
SCOR APLOR; PETRI ET PAVLI
NEC NON DI THOME APLI ET
SCOR; BLASII MARTINI MAR.
ET BTE QVIRIACE VIDVE
PER MAN' EPI SABINENSIS
ET PRENESTINI NEC NO EPI
ASCVLAN' ET TYBVRTIN'

**2.**

### S. Sabinae.
*In pariete.*

ANN. DNI M.CC.
XLVIII. PONTIFICAT.
DNI . INNOCENTII . IIII
PP. ANNO . V. ASSISTE
NTIB', EPIS . VENERAB'

LIB'.

LIB'. VERVLANO . OLO
LENSE . ASCVLANO
FERIA IIII. QVARTE HEBDO
MADE . IN . XL̄ QVANDO
LEGR . EVAGLM̄'. DE CE
CONATO . CSECRATV . B̄
HOC . ALTARE . AD . HO
NORE . SCORV . ANGLO
RV . & . VENERABILE . EPM̄
HOSTIENSE . Q . AVCTO
RITATE . DN̄I . PP̄. POSVIT
ANVATĪ. IDVLGĒTĪA . VNI'
ĀNI. ET . VNI'. QVADRAGENE
Q̄. DVRAT . A . DIE . CSECRA
TIONIS . VSQ . Ī . DIĒ . OC
TAVE . PASCHE .

### 3.
## S. Mariae Majoris .
*Humi, sepulcrum cum imagine ex anaglypho .*

HIC IACET REVEREDVS
PATER DN̄S CASPAR ZACCHIVS EPVS AVXIMANVS GRECIS ET
LATINIS LICTERIS ERVDIT
ISSIMVS OBIIT ANNO DNI MCCCLXXIV. MENS.NOVEBRIS DIE XXIII.

### 4.
## S. Honuphrii .
*Sepulcrum cum statua jacente .*

LABOR / ET . GLORIA . VITA . FVIT
MORS . REQVIES

IOANNI : SACCO : ANCONITANO . ARCHIEP. RAGVSINO . EPO. AN-
CON. PONT. MAX. INNO
*Inscript. Fic.*                     G                     CEN.

CEN. VIII. ET . ALEX. VI. REFEREN.Q. ET . ADSISTENTI . PONTI-
FICIÆ . LEGAT.

HONORIFICENTISSIME . AD . FRACOR. REGE . MISSO . PRINCIPF .
MORTE . ALEX. VI. ILLO

TVMVLTV . FORMIDABILI . AD . VRBE . RO. QVA . ANTEA . DIV .
RENRRAT . COMVNI

PATRE . DECRETO . CV . VALIDO . PRESIDIO . GVBERNADA . PRE-
FECTO . TOGATA . GALLIA

BELLO . ARDENTE . IMINETEQ . HOSTE . POTENTISS. AB . IVLIO .
II. BONONIE . ET . OMNI

ROMADIOLE . GVBERNAT. PREPOSITO . PLERISQ . CIVITATIB. RE-
CEPTIS . PROVINCIA

PACATA . HONORE . PLENO . PROBATO . POPVLO . PATRIE. CA-
RO . IN . SVMA

MODERATIONIS . DOCT. ABSTINET. INTEGRITQ. INGENTE . LAV-
DE . ADEPTO

OMNIV . MAG⁰. MERORE . SVMAQ. CVRIE. PONTIFICIE . IACTV-
RA . EXTINCTO
                    VIXIT . AN. LVI. M. VIII. D. III.

ANT. EPS. PRENEST. CARD. S. PRAX. ET . IO. EPS. TVSCVL. CARD.
ALEX. CVM . FRE

CHERVBINO . FERRARIEN: EVIVS . CENOBII . PRIORE . EXEQVV .
PONEND. CVR. M.D.V

5.
S. Mariae de Aracoeli.
*In pariete .*

D. O. M.
ANGELO MASSARELLO SANSEVERINATI IN PICENTIB.
IVRIS VTRIVSQ. DOCT. EPO TELESINO
CHRISTIANA PIETATE AC DOCTRINA INSIGNI

                                                QVI

QVI CVM IVLII III. MARCELLI II. ET PAVLI IIII
SVMOR. PONT. A SECRETIS FVISSET
EODEM SECRETARII MVNERE
IN SACRO CONCILIO TRIDENTINO FVNCTVS EST
IN QVO ITA SE GESSIT
VT NIHIL EORVM QVE IN IPSO CONCILIO ACTA SVNT
VEL MINIMVM DESIDERETVR
MICHAEL ANGELVS ET CYNTHIVS PAMPHILVS
SORORIS FILIVS FRATRI ET AVVNCVLO DE SE
OPTIME MERITO MOERENTES POSVERE
VIX. AN. LVI. OB. XVII. KAL. AVGVSTI
M. D. LVI.

## 6.

### S. Mariae supra Minervam.

*In pariete cum imagine depicta.*

D. O. M
HIERONYMO MELCHIORIO
EPO MACERATEN CLER. CAM. APOST. DEC.
CONCILII TRID. VNI EX PATRIBVS
SIGNAT. IVST. PRAEFECTO
BONONIE GVBERNATORI
SVMMA APVD OMNES ORDINES GRATIA
GENERE DOCTRINA PIETATE ILLVSTRI
VIX. AN. LXIV. OBIIT V. KAL. IVNII
M D LXXXIII.
BENEDICTO HIER. FRATRI GERM.O I. V. C.
FORMA DOCTRINA VIRTVTE PARI
OBIIT IX. KAL. SEPT. AN. IVB. MDLXXV.
AETATIS SVE LIII.
MARCELLVS BENEDICTI FILIVS
PATRVO ET PARENTI
P.

### 7.

S. Spiritus in Saxia.

*In pariete.*

SEDENTE SIXTO V. P. O. M.

ANTONIVS MELIORIVS EPISCOPVS S. MARCI ET S. SPIRITVS IN SA-
XIA COMMENDATARIVS

PRIMAS A DEXTRO ET SINISTRO ADITVS LATERE CAPELLAS (6c)
PICTVRA SCVLPTVRA ET OPERA

MAGNIFICE EXORNAVIT ANTERIORES ÆDIS PARTES INTERIOREMQ.
PARIETVM AMBITVM

AVCTO CIRCVMCIRCA ORNAMENTO ILLVSTRAVIT SCALAM VIAM
PVBL IMPEDIENTEM

APTIORE ET COMMODIORE LOCO REPOSVIT SVMMAM DENIQ. TO-
TIVS ECCLESIÆ OPERI

ET ORNAMENTO MANVM MAGNA CVM DIGNITATE ET CELERITA-
TE IMPOSVIT

ANNO DOMINI M.D.XC

### 8.

Ibidem.

*In pariete.*

D. O. M.

TESEO ALDROVANDO CANONICO RE
GVLARI . ET IO. BAPTÆ RVINO CARTVSIANO BO
NONIENSIBVS . HOSPITALIS S. SPVS IN SAXIA PRE
CEPTORIBVS . VIRIS PARI RELIGIONIS ET INTE
GRITATIS LAVDE SPECTATISS.
ANTONIVS MELIORIVS PICENVS EPI
SCOPVS S. MARCI PIO IN
MORTVOS STVDIO
SVCCESSOR POSVIT ANNO D.
M. D. LXXXVIII.

S. Ca-

## 9.

### S. Catharinae Funariorum.

*Hami.*

HIC : HABITABO . QVONIAM
ELEGI . EAM
ANDREAS . CANVTVS
EX . SANCTO . ELPIDIO
PICENVS . EPISCOPVS
OPPIDEN.
OBIIT . A. D. MDCX
AETATIS SVÆ LXVIII

## 10.

### S. Mariae de Populo.

*Sepulcram cum protome.*

D O M
NICOLAI IV. PONT. MAX. ASCVLAN. AET. MEM.
COMITI MASCIO ASCVLANO
NICOLAI IV. PONT. MAX.
ILLVSTRI SERIE NEPOTI
SIXTI V. PONT. MAX.
LIBERALI MVNIFICENTIA ORNATO
EPISCOPATVS VESTEN. DIGNITATE AVCTO IVRIS
RELIGIOSISSIMO ECCLESIASTICAE LIBERTATIS
CLYPEO VIRTVTVM CORONA VBIQVE CONSPICVO
OPTIMO INTEGERRIMO
VIX. A. LX. DESIDERATVS DIE XIV. IVLII M. DC. XIII.
MARTIVS ELEPHANTVCCIVS PATRITIVS BONON
ANASTASIA MASCIA PATRITIA ASCVLAN
NEPTIS CONIVGES PATRVO B. M. P. C.

HEV

HEV MATRIS CRVDELE NEFAS MEA PIGNORA PARTVS
PIGNORA DELICIIS PARTV , DOLORE NECO .
IVSTA DABAM PATRVI TVMVLO , LACHRVMASQVE CADENTES
HIS LACHRVMIS INEANS , (ſic) HOC AMOR AMNEREVIT (ſic)
ME SAEVAM REDDIDIT PIETAS , DVM FVNERA PLORO ,
INFERO , DVM VITAE STAMINA NECTO SECO ,
PRIMA DIES NATO NON FVLSIT , ET VLTIMA VENIT
HOC VTERI PONDVS FVNERIS VRNA VEHO .
I PVER INFOELIX , MEDEAE VISCERA QVAERE
ILLA FRVI SALTEM LVCE ORIENTE DARET

**II.**

### S. Salvatoris in Lauro.
*Hrmi .*

D. O. M.
CAROLO AZZOLINO
PATRITIO FIRMANO
EPISCOPO BALNEOREGIENSI
DECII S. R. E. CARDINALIS
FRATRI GERMANO
SPECTATAE PROPITATIS
AC PRVDENTIAE VIRO
ANNO SAL. MDCLXII. AETATIS
VERO SVAE LV. DEFVNCTO
DECIVS MARCHIO AZZOLINVS
GRATI ANIMI MON. POS.
ANNO D. MDCCXVI.

**II.**

### S. Augustini.
*Ad dexteram bibliothecae .*

FRATER ANGELVS ROCCA CAMERS EPISCOP. TAGASTENSIS
ORDINIS FRATRVM EEREMITARVM SANCTI AVGVSTINI ALVMNVS

ET

# C L A S S I S  III.

ET APOSTOLICI SACRARII PRÆFECTVS
BIBLIOTHECAM
OMNI ARTIVM ET SCIENTIARVM GENERE REFERTISSIMAM
VIRORVM ITEM ILLVSTRIVM ICONIBVS AD VIVVM EXPRESSIS
ORNATAM
LONGO TEMPORVM SPATIO
MAGNOQ. LABORE AC SVMPTV COMPARATAM
COENOBIO S. AVGVSTINI VRBIS STVDIOSORVMQVE OMNIVM
NON SOLVM RELIGIOSORVM
SED ETIAM CLERICORVM ET LAICORVM COMMODITATI
DAT DICAT DONAT
VT ANIMI GRATI PIETATEM ERGA FAMILIAM AVGVSTINIANAM
PARENTEM ALTRICEM SVAM
ET ERGA LITTERATOS LITTERARVMQVE AMATORES PROPENSIONEM
VIVIS POSTERISQVE PATEFACIAT
ANNO SALVTIS MDCV.

**15.**
Ibidem.
*Ad ejusdem bibliothecae laevam.*

CAVTVM . EST . VT . NE . QVIS . HANC . BIBLIOTHECAM
VEL . MINIMAM . EIVSDEM . BIBLIOTHECE
SEV . LIBRI . SIVE . CVIVSCVMQVE . ALTERIVS . REI
IN . DIPLOMATE . PONTIFICIO . CONTENTÆ
PARTEM . AVFERRE . ABSTRAHERE . ALIOVE
ETIAM . STVDENDI . COMMODITATE . ASPORTARE . AVDEAT
QVI . SECVS . FECERIT
ANATHEMATIS . VINCVLO . STATIM . ALLIGATVS . ESTO
NON . NISI . A . SVMMO . PONTIFICE . ABSOLVENDVS
QVI . VERO . DICTAM . BIBLIOTHECAM . VEL . MINIMAM . ITEM .
EIVS . PARTEM                                        VEN-

VENDERE . AVT . VLLO . PACTO . AB . HAC . DOMO . ALIENARE .
AVSVS . FVERIT

PRÆTER . EXCOMMVNICATIONIS . LATÆ . SENTENTIÆ . POENAM
BIBLIOTHECAM . IPSAM . VNIVERSAM

CVM . OMNIBVS . ET . SINGVLIS . REBVS . AD . EAM . SPECTANTIBVS
AD . CAMERAM . APOSTOLICAM . PRO . BIBLIOTHECA . VATICANA
ILLICO · DEVOLVTAM . ESSE . SCITO .

### 14

### Ibidem.

*In pariete .*

D. O. M.

F. ANGELO . ROCCHAE . CAMERTI . OR. ER. S. AVG.
EPISCOPO . TAGASTENSI . ET . APOSTOLICI . SACRARII . SVB
CLEM. VIII. LEONE . XI. ET . PAVLO . V. PP. MM. PRAEFECTO
INSIGNIS . BIBLIOTHECAE . ANGELICAE . FVNDATORI . AC
LIBERALISSIMO . LARGITORI . VIRO . ERVDITISSIMO
ET . DE . AVGVSTINIANA . RELIGIONE . OPTIME . MERITO
PIISSIMI . PATRES . AC . FP. S. AVG. DE . VRBE . GRATITVDINIS
ET . BENEVOLENTIAE . ARGVMENTO . POSVERE
OBIIT . ANNO . SALVTIS . MDCXX. DIB . VII. APRILIS
AETATIS . SVAE . LXXV.

### 15.

### Ibidem.

*Humi, cum imagine delineata .*

R.$^{MO}$ EPŌ TAGAST.$^{EN}$
F. ANGELO ROCCHÆ
CAMERTI
ORD. FR. S. AVGVST.
SACRARII APOST.

PRAE-

PRÆFECTO INSIGNIS
BIBLIOTHECÆ ANGELICÆ
LIBERALISSIMO LARGITORI
VIRO ERVDITISSIMO
AC DE AVGVSTINIANA RELIGIONE
OPTIMEMERITO
PIISSIMI PATRES ET FRATRES
S. AVGVSTINI DE VRBE
GRATITVDINIS AC BENEVOLENTIÆ
ARGVMENTO POSVERE
DIE VIII. APR. MDCXX

16.

S. Nicolai ad Caefarinos.
*Humi*.

D O M

MARIO ANTONINO MACERATENSI   -
PORCVLÆ PRÆSIDATVS M. ALTI ORIVNDO
NEOCÆSARIENSI EPISCOPO
PLVRIBVS SACRISQ_ MVNERIBVS
AC PRO SANCTA REP. CHRISTIANA
INNVMERIS LABORIBVS FVNCTO
OBIIT SEPTVAGENARIVS
DIE XXII IVNII MDCXXXIII

IACOBVS ANTONINVS L. C. CONSOBRINO
AMANTISSIMO P.

# ABBATES ET PRAESULES

## CLASSIS QUARTA.

### I.

### SS. Trinitatis in Monte Pincio .

*Humi .*

GORO . GVALTERVTIO . IVRISCONSVLTO
IVSTITIAE . REFERENDARIO
DE . MAIORIQ. PRAESID. ABBREVIAT.
CAROLVS . CHARISS. FIL. ORBATVS
MOERENS . H. M.
SIBIQ. AC . POSTERIS . POSVIT
VIX. ANN. XXXI. M. XI. D. XVIII
OB. III. NON. OCTOBR. SAL. AN. MDLIII

### 2.

### S. Johannis in Laterano .

*In pariete .*

D. O. M.
BERNARDINO PORTO HVIVS ECCLESIAE CANONI
CO V. S. REFERE. ABBREVIATORI PARCI MAIOR.
PROTHONOTARIO APOST. PARTICIP. QVI AB IPSA
PVERITIA MAGNVM PIETATIS RELIGIONIS
ALIARVMQVE VIRTVTVM OMNIBVS SPECIMEN DE
DIT CVM AD MAIORA PROPERARET MORTE
PRAEVENTVS EST . ALEXANDRO PORTO VIRO STRENVO ET OECO
NOMICA LAVDE IN PRIMIS HONORATO
FABIO PORTO ADOLESCENTI BONE SPEI
ET HVMANIORIBVS LITERIS ERVDITO
ANTONIVS PORTVS PATRITIVS FIRMANVS

ET

ET ROMANVS CIVIS PATER MESTISSIMVS
DVLCISSIMIS FILIIS POSVIT
VIXIT BERNARDINVS AN. XLII. MEN. II
DIES XXIII. OBIIT VII. KAL. SEPTEMBR. M.D.XCVI
VIXIT ALEXANDER AN. XL. MEN. II. DIES
XVIII. OBIIT IDIBVS FEBRVARII EIVNDEM ANN
VIXIT FABIVS AN. XVII. MENS. III. DIES XXI
OBIIT X. KAL. MAII M.D.LXXVIIII.

### 3.
### S. Mariae supra Minervam.
*Humi.*

D. O. M.
CINO CAMPANO AVXIMATI
VIRO PRAECLARISSIMO
SACRAE AVLAE CONSISTORIALIS ADVOCATORVM
DECANO
IN ROMANO GYMNASIO
LEGVM INTERPRETI PRIMARIO
ET CELEBERRIMO
IOANNES BAPTISTA
ANTONIVS MARIA ET HENRICVS
PATRI OPTIMO OPTATOQ.
POSVERE MOERENTES
OBIIT ANNO AETATIS LXIX
SALVTIS VERO
MDXCVI

### 4.
### SS. Venantii & Ansovini.
*Sepulcrum cum praeeme.*

D. O. M.
PAVLO AEMILIO A MONTE ALTO S. MARIAE DE PATIRO ABBATI
DOMINICI ARCIS ANCONITANAE PRAEFECTI PERPETVI FILIO

EX NOBILISSIMA SILVESTRIA GENTE

SIXTI PAPAE V. EX CONSOBRINA NEPOTI

QVE CLEMENS VIII. P. M. IN PVRPVRATOR PATRV NVMERV DE-
SIGNAVERAT

NISI MERITORVM MAGNITVDINI VIRIV IMBECILLITAS OBFVISSET

ANDREAS SILVESTRIVS FRATER

MARCHIE ANCONITANE ET DVCAT' VRBINATIS GNLIS THESAV-
RARIVS

MOERENS POSVIT

RANVCCIVS SCOTTVS BVRGI S. DONNINI EPISCOPVS

HELVETIORVM ET GALLIARVM LEGATIONIBVS

NEC NO PROV. PICENE AC S. A. PALATII SVB INNOC. X. ET
ALEX. 7 (Gr) PFECTVRIS

PERFVNCTVS

DVM MONTIS ALTI ADMINISTRATIONI PRAEESSET

AMICO SIBI CHARISSIMO PONENDVM CVRAVIT

OBIIT ROMAE ANNO AETATIS SVAE LXXI SALVTIS MDCIIIL

5.

In Templo Farnefiano.

Humi.

D. O. M.

ANT. FRANC. ABBAS GIORIVS

ANGELI S. R. E. CARD. GIORII

FRATRIS FILIVS CAMERS

SPOLIVM MORTALITATIS HIC HABET

IN QVO MERVIT IMMORTALITATEM

PIETATE IN DEVM

IN PAVPERES LARGITATE

INDOLE INGENIO SPE SVI

TAM CETERIS ACERBVS

QVAM SIBI MATVRVS OCCVBVIT

AETAT. (Gr) AN. SAL, MDCXLVIII

S. Ma-

# CLASSIS IV.

## 6.

## S. Mariae in Monterone.

*Humi.*

D. O. M.

COSMO E PATRITIA SIMONETTA FAMILIA
NATO CINGVLI CIVI AVXIMI
QVI
POST ECREGIA ADOLESCENTIÆ RVDIMENTA
IVRIS PRVDENTIÆ LAVREA DECORATVS
OMNI VIRTVTVM GENERE COELITVM
MVNIFICENTIA IN PAVPERES MORTALIVM
PLAVSVM PROMERITVS
DV MATVRÆ SAPIĒTIÆ MIRA SPE PROLVDIT
IMMATVRÆ MORTIS TELO LEDITVR
SPE IN LVCTVM VERSA
DIES CLAVSIT CVM APERIEBAT
IVVENTVTIS IN AVRORA AGENS ANNV XXVIII
QVARTO NON. OCTOBRIS M.D.C.L.II
ABBAS ANNIBAL FRATRI CARISSIMO
HOC AMORIS ET DOLORIS MONVMENTV
LACRIMANS POSVIT

## 7.

## S. Anaſtaſiae.

*Humi.*

D. O. M.

DOMINICO CAPPELLO DE ACCVMVLO PRAESBITERO ASCVLA-
NO I. V. D.

ITIDEM ECCLESIÆ S. AVGVSTINI ABBATI , PROTHONOTARIO APO-
STOLICO, IN VATICANA

BIBLIOTHECA SACRORVM RITVVM SCRIPTORI SACROSÑTÆ

BASILICÆ S. MARIÆ TRANSTIBERIM HVIVSCE ECCLESIÆ CANONICO

AC

AC INSIGNI BENEMERITO

SVB INNOC. XI. ALEXAN. VIII. AC INNOCEN. XII. SVMMIS PON-
TIFICIBVS

SACRI PALATII APOSTOLICI CÆREMONIARVM PRÆFECTO

QVO IN MVNERE EX INSTITVTIONE FRANCISCI MARIÆ PHOEBEI
ARCHIEP. TARSEN.

ACCVRATE, STVDIOSEQVE VERSATVS FVIT

VIXIT ANNIS LXVII. DIEBVS VII. OBYT VI. IDVS APRILIS ANNO SA-
LVTIS M.D.CXCVI

TIBVRTIVS FRATER I. V. D. ET CANONICVS PHILIPPVS CAPPELLVS
NEPOS

HOC GRATI ANIMI MONVMENTVM POSVERE

## 8.
### In templo Farnefiano.

*Hæal* .

C. R.

SEBASTIANO DE SILVESTRIS RAIMVNDI F.
QVI CINGVLI NATVS
QVOD IPSIVS OLIM PATRVM SEDES FVIT
INFANTIAM IN PAVLI III. P. M.
SINV INDVLGENTIAQ. TRADVXIT
VITAE RELIQVVM
VSQ. AD DECREPITAM SED VEGETAM SENECTVTEM
IN ALEXANDRI RANVTII ODOARDI
FARNESIORVM CARDDD. CONTVBERNIO
QVOD QVADRIGENTIS ABHINC ANNIS
MAIORES BELLO FORTITER MERVERANT
CVM SPLENDORE ACTVM CLAVSIT AN. SAL. MDCXXII
HONORES COEPIT CVM PER ÆTATEM NOSSE NON POTERAT
VBI NOSSE POTVIT DESPEXIT
NAM OCTENNIS ADHVC
AESINAE CATH. PRIORATVS SS. QVATT. CORON. ABBATIA
ALIA-

ALIARVMQ. ECCLESIARVM CENSIBVS DONATVS
NVMQ. DEINDE ADDVCI POTVIT
VT SVBLIMIORES DIGNITATES
FREQVENTES ILLI OBLATAS ACCIPERET
OPES QVAS TANTVM LARGIENDO SVAS ESSE SENTIEBAT
EGENIS ATQ. RELIGIOSIS VIRIS ALENDIS
TEMPLIS ORNANDIS
AMICIS AC NECESSARIIS SVBLEVANDIS
MAGNIFICE DVM EFFVNDERET
TVM DEMVM SE FOENERARI EXISTIMAVIT
OBIIT NONAGENARIVS
RAIMVNDVS DE SILVESTRIS PRONEPOS
QVI PRIOR ET ABBAS SVCCESSIT
IMMATVRE ADHVC EREPTO
HOC MONVMENTVM
STATVIT

9.

## SS. Quatuor Coronatorum .

*Humi* .

D. O. M.

NICOLAO ALBANO AN
CONITANO BIBLIOTHECÆ
VAT. ET ARCIS ADR.ᴱ ARCHI
VI PREFECTO EXIMIA PIE
TATE ET ILLVSTRI GRECE AC
LATINE ERVDITIONIS LAV
DE EDITIS ETIAM PRECLA
RIS INGENII MONVMENTIS
CONSPICVO QVI DVM ÆQ
PRECLARA ↓PEDIEM EDEN
DA ET A DOCTIORIB' EXPE
TITA MOLIRETVR NON SINE
ROM.ᴱ CVRIÆ DOLORE AC
MAGNO APVD OMNES OM

NIS

NIS ORDINIS VIROS EX MO
RVM ETIAM INGENVOR
SVAVITATE SVI DESIDERIO
RELICTO, HVMANIS CELO DI
GNVS ERIPITVR
GEORGIVS TROMBA LASCA
REVS ANC.<sup>VS</sup> CARISS<sup>O</sup> EX SORO
RE NEPOTI MERENS MERI
TISSIMO POSVIT
VIXIT ANN. XLIII. MEN. VI. D.
XII. OBIIT AN. DNI CIↃIↃC
XXVI. D. XXIV. IVLII TRIBVS
SVMIS PONT. QVIBVS FIDE
LISSIME AD XVI. PLVS MINVS
AÑOS INSERVIVIT
ACCEPTISSIMVS

ΠΡΟΣΔΟΚΩ ΑΝΑΣΤΑΣΙΝ
ΝΕΚΡΩΝ

**20.**

S. Mariae de Scala.

*Hewi.*

DEO OPTIMO MAXIMO
RVSTICVCIO RVSTICVCIO
HIERONIMI CARDINALIS RVSTICVCIO FRATRIS FILIO
PATRITIO FANENSI ABBATI S. MARIE DE SITRIA
EIVSQVE SORORI LVDOVICAE RVSTICVCIE
QVI PARI IN OMNIBVS STVDIO AC VOLVNTATE
CELIBATV RELIGIONE̅ I DE̅V LIBERALITATE̅ I PAVPERES
EXTRVENDO FANI CŒNOBIO ET INIBI ALENDIS
SACRIS VIRGINIBVS

                      OPES

OPES SVAS TESTAMENTO LEGARVNT
SPEM NACTI OPVLENTIOREM CÆLESTIS HÆREDITATIS

PI (&c) FVNDATORIBVS OPTIMIS
EIVSDEM CŒNOBII SANCTÆ TERESIÆ VIRGINE (&c)
GRATI ANIMI
MONIMENTVM POSVERE
ANNO RECVPERATÆ SALVTIS M. DCXXVII
VIXIT RVSTICVCIVS ANNOS LXX
OBIIT IV IDVS IANVARII M. DCXXV.
LVDOVICA ANNOS LXII
OBIIT XVIII KALENDIS IVLII

I I.
S. Salvatoris de Cupellis.
*Homi.*

D. O. M.
MARCHIONI . IOSEPH . AND.[E]
SCARAMVTIO
PATRITIO . AVXIMANO
SACRI . CONSISTORII
ET . PAVPERVM . ADVOCATO
DOCTRINA . CONSILIO
MORVM . SVAVITATE
ANIMIQ. CANDORE
OMNIBVS . ACCEPTO
VXOR . ET . FILII . M. M. P. P.
OBIIT . VII. IDVS . FEBRVARII
MDCCLIV
ÆTATIS . LXIII.

## I2.

### S. Spiritus in Saxia.

*Humi.*

D. O. M.

CARPINA GENS NOMEN LVCIANVS PATRIA FIRMVM
QVALIS ERAM LEGITO MEMBRA SEPVLTA IACENT

LVCIANO E CARPINA GENTE PATRIA FIRMO
ORIVNDO VIRO DIVINI HVMANIQ. IVRIS CONSVL
TISS. LRARV APLICARVM ABBREVIATORI SOLLICI
TATORIQVE PRIORI S. MARIÆ AD MARE CAS
TRI TVRRIS PALMARVM AC HVIVS HOSPITALIS
PRÆCEPTOR. SEX. CONSILIARIO ET SECRETARIO FI
DISS. LEONARDVS CARPINVS FIRMANVS
ARTIVM ET MEDICINÆ DOCTOR LRARVMQ APLI
CARVM SOLLICITATOR PATRVO PIENTISS. B
M. P. QVI VIX. ANN. LXX MENS
VII     D     XI
OBIIT VIII KL DECEMB. ANN SALVTIS
M D X X I

I

# SACERDOTES ET CLERICI

## C L A S S I S  Q U I N T A.

---

**1.**

S. Mariae de Aracoeli.

*Sepulcrum cum imagine ex anaglypho .*

✠ HIC IACET DOPNVS PALMERI' PRBITER MOTIS GETILIS
QVI OBIIT ANNO DÑI
M. CCC........II. XX.... NOVEMBRIS CVI' AIA
REQVIESCAT IN PACE . AM.

**2.**

S. Mariae de Scala.

*Humi .*

CONSTANTIA BVCTEA FABRIANI NATA
POENITENTIVM FOEMINARVM COENOBIO
MIRA PIETATE IN PATRIA FVNDATO
IN AEGROTANTIVM PAVPERVM SVBLEVAMINE
MVNIFICA SOLLICITVDINE IN VRBE DESVDANS
QVINQVAGENARIA AETERNITATIS METAM
CELEBRIORI CVLTV ATTINGIT
ANNO MDCIV. QVINTO KAL. OCTOBRIS
FRANCISCO IVLYO SACERDOTE SIBI
OPTIMAE MATRI PIISQVE MATRONIS
TVMVLVM EXIGENTE

### 3.

S. Mariae de Aracoeli.

*Hemi.*

D. O. M.
ARNVLPHVS RINALDVCCIVS
NOBILIS FANENSIS
OLIM BASILICAE
VATICANAE CANONICVS
SACERDOS INDIGNVS
SVPRA NONAGESIMVM
VITAE ANNVM
CALIGANTES OCVLOS
MORTE CLAVDENDOS
HIC SE IN SPEM
AETERNAE LVCIS
AD NOVISSIMVM DIEM
DEPONI IVSSIT
ORATE DEVM PRO EO
VIXIT ANNOS LXXXXVII
MENS VIII D. VIIII
OBIIT ANNO M D CXX
MENSE MAR. DIE XVII

### 4.

S. Salvatoris ad Pontem Senatorium.

*Hemi.*

D O M
R. D. ALEXANDRO IANVARIO
DE MONTE CAVSARIO
FIRMAN. DIOECES. HVIVS
ECCL. RECTORI DIGNISS
VIXIT ANN. XLIII. MEN.
IL DIES XXVII.

OBIIT V. NOVEMBR
M. D. C. XXIX.
IO. FRANC. ALLIATVS
PRAELEGAT. POSVIT

5.

S. Mariae Majoris.
*Humi.*

OSSA
ABBATIS GALBOTTI VFFREDVCCI
NOBILIS FANENSIS
SACROSANCTAE BASILICAE
SANCTAE MARIAE MAIORIS DE VRBE
CANONICI
ORATE PRO EO
VIXIT ANNOS LXXVII
OBIIT XXVI IANVARII MDCXLIII

6.

S. Johannis in Laterano.
*Humi.*

SEBASTIANVS ROMANDIOLVS
A SANCTO SEVERINO
SACROSANCTAE HVIVS BASILICE
BENEFICIATVS
AETATE AC MEDITATIONE
MORTI IAM DVDVM OCCVRRENS
OCTOGENARIO MAIOR
VIVENS HIC SIBI SEPVLCRVM
ELEGIT
ANNO SALVTIS MDCLXIII
OBIIT DIE
XV MAII MDCLXXIV.

## 7.
### S. Mariae Transtyberim.
*Humi.*

D. O. M.
HIC CASTRI APICVLI
CVIDOBALDI AB ORIGINE RICCI
OSSA SEPVLCHRALI CARCERE
NVDA IACENT.
FIDVS APOSTOLICVM DEDIT
VBI IVVAMEN EGENIS
ET SIBI COMMISSIS LONGE
ANIMABVS OPEM
IVLIVS HVC CÆSAR IAM IAM
DECLIVIS ADHÆRET.
VT GERMANA FVIT VITA
SIT VRNA COMES
OBIIT III. IDVS FEBRVARII
ANNO DÑI MDCLXXII
ÆTATIS SVÆ ÁNN. LXXXIV

## 8.
### S. Laurentii in Damaso.
*Humi.*

D. O. M.
FRANCISCO VOLLIAE
CAMERTI
IVRISCONSVLTO
CLARISS. MORVM
PROBITATE PRVDENTIA
RELIGIONE
SINGVLARI
ANGELVS VOLLIA
CAMERINI ARCHIDIACONVS
FRATRI ET ALEXANDER
PATRI
MOERENTES POSVERE
VIXIT ANNOS LV.
OBIIT XVIII. KAL. MARTII
MDLXXV

## 9.
### S. Anastasiae.
*Humi.*

D. O. M.
HIPPOLYTO ARDITIO PRESB. FIRMANO
ET BERNABEO CECCHETTO EIVS CONSOBRINO
OB PIAM ELEEMOSYNARVM LARGITIONEM
VT IN HOC ALTARI PRIVILEGIATO S. HIERONYMI
SACRVM QVOTIDIE CVM ANNIVERSARIO
CELEBRETVR
CAPITVLVM ET CANONICI
GRATI ANIMI MONVMENTVM POSS.
ANNO DÑI MDCLXXVII.

S. An.

## 10.

## S. Augustini.

*Humi.*

D. O. M.

PETRVS MARIANVS DE MAGRIS CAMERS
SACROSANCTÆ BASILICÆ LATERANENSIS
BENEFICIATVS VRBANVS
IVSTA SACELLVM S. AVGVSTINI
QVEM VT MAGISTRVM OPTIMVM
ET ECCLESIÆ DOCTOREM
PRECIPVO CVLTV VENERATVS EST
SEPELIRI VOLVIT
PERPETVI AMORIS ET PIETATIS ARGVMENTO
DECESSIT
III. NON. APRILIS AN. SAL. M.DC.LXXIX
SVÆ ETATIS AN. LXX. M. VI. D. XXVI
BARNABEVS BENIGNVS ET CAROLVS ZAGAGLINVS
CAMERTES EX TESTAMENTO EXECVTORES P.

## 11.

## In templo Vallicelliano.

*Humi.*

D. O. M.

ANDREAS NICOLETTVS
EX OPP. S. LAVRENTII IN CAMPO
IN PICENO
INSIGNIS COLLEGIATÆ
S. LAVRENTII IN DAMASO
CANONICVS DECANVS
ANTE ARAM S. PHILIPPI NERII
SVB HAC SIMPLICI INSCRIPTIONE
CONDI VOLVIT
TESTAMENTARII EXECVTORES
VIRO PROBITATE MORVM

# INSCRIPT. PICENAE

ET DOCTRINA CONSPICVO
POSVERVNT
OBIIT XXII. APRIL. MDCLXXXVII
ÆTAT. SVÆ
ANN. LXIX. MENS. V. DIE XII.

**I 2.**

## S. Mariae in Via lata.
*In pariete.*

D. O. M.
MICHAELI CAVCCIO
AB OPPIDO S. ELPIDII MORICI IN FIRMANA DIŒCESI
SACROSANCTÆ HVIVS ECCLESIÆ
CANONICO
MORVM INTEGRITATE PIETATISQVE LAVDE
CONSPICVO
QVATVOR PONTIFICIBVS MAXIMIS
OB SPECTATAM IN ARCANIS NOTIS SCRIBENDIS FIDEM
CVM SOLERTIA CONIVNCTAM
PROBATISSIMO
QVI ACCEPTAS A DEO OPES DEO REDDENS
SACELLVM HOC S. ANDREÆ DICATVM
ELEGANTER ORNAVIT BINISQVE CAPELLANIS AVXIT
MAGNIFICAM IN NATALI SOLO ECCLESIAM
IN HONOREM S. MICHAELIS ARCHANGELI
A FVNDAMENTIS ERECTAM
HÆREDEM VNIVERSALEM INSTITVIT
EIVSQVE OBSEQVIIS
SEX CAPPELLANOS RESIDENTES ADDIXIT
PERPETVO ILLIVS RECTORE
HOC INSIGNI CAPITVLO CONSTITVTO
LVDI MAGISTRO INSVPER IN PATRIA RETINENDO
STIPENDIVM
EGENIS IBIDEM PVELLIS
BINA ANNVA SVBSIDIA DOTALIA
ASSIGNAVIT

VNIVERSOQVE ASSE IN PIA OPERA DISTRIBVTO
OBIIT OCTOGENARIO MAIOR VI. IDVS MAII MDCCII
COLLEGÆ OPTIME MERITO
CAPITVLVM
GRATI ANIMI MONVMENTVM POSVIT
ANNO REPAR. SAK. MDCCV

**23.**

## S. Marci.
*In sacrarii pariete.*

HORTENSIO BALESTRIBRIO
EX ORCIANO FANEN. DIÆC.
PIO INTEGRO ET ANTIQVIS MORIBVS VIRO
CVI VIVENTI ET MORIENTI
HAEC ECCLESIA PLVRIMVM DEBET
OB ILLVSTRATVM ARCHIVVM
ET OB AVCTOS EIVSD. ECLL. REDDITVS
QVAM
BONOR. SVOR. IN VRBE EXISTENTIVM
SCRIPSIT HAEREDEM
PARVO ADIECTO ONERE VNIVS MISSAE
IN HEBDOM. ET DVOR. ANNIVERS.
SINGVL. ANN. IN PERPET.
ALTERIVS NEMPE
DIE XI. MART. PRO ANIMA SVA
ALTERIVS DIE XXII. IVN.
PRO ANIMA HORTENTII BALESTRIERII
PATRVI SVI ET IN CANONICATV
PRAEDECESSORIS
VT
IN TEST. PER ACTA SARACEN. NOT. CAP.
APERTO IN DIE OBITVS XI. MARTII
MDCCXI.
CONCANON. VTRIVSQ. BENEFIC. MEMORES
POSVERE

## 14.
### S. Euſtachii.
*Humi.*

D. O. M.
ÆGIDIO PAVLINO VICARIO S. EVSTACHII
ANNIS LX. ÆTATIS SVÆ ANNORVM XCII
OCTAVIANO PAVLINO MEDICO PHYSICO
EIVS FRATRI ANNORVM LXXVI
DOMINICO EMIGDIO EORVM NEPOTI
ANNORVM XVII
PAVLINVS DE PAVLINIS DE ARQVATA
ASCVLANÆ DIOECESIS
HVMANI OFFICII MEMOR
PATRVIS FRATRI SIBI DESCENDENTIBVS
ET FAMILIÆ
POSVIT
ANNO DOMINI
MDCCXIIII

## 15.
### S. Salvatoris in Lauro.
*Humi.*

D. O. M.
BONAVENTVRA MILANI
EX LAVRO IN PICENO
SACERDOTI INTEGERRIMO
I. V. D. ET IN VRBE ADVOCATO
PROTONOTARIO APOSTOLICO
AC VARIIS MVNERIBVS
SVMMA CVM LAVDE PERFVNCTO
ALMÆ DOMVS LAVRETANÆ VRBIS
CONGRECATIO
EX TESTAMENTO HÆRES
VIRO OPTIME DE SE MERITO
MONVMENTVM POSVIT A. D. MDCCXV.

S. Ma-

16.

## S. Mariae in Cosmedin.

*In criptae ingressu, in pariete.*

CLEMENTE . XI. P. O. M. REGNANTE

SVB . AVSPICIIS . EMINENT. PATRIS . DOM.

D. ANNIBALIS . HVIVS . BASIL. DIAC. CAR. ALBANI

VETVSTISSIMAM . HANC . CONFESSIONEM

IN . CVIVS . ARA . CORPVS . S. CYRILLAE . V. ET . M.

FILIAE . DECII . IMP. OLIM . CONDITVM . ERAT

A . DVOB. FERE . SECVLIS . CLAVSAM . ET . I̅G̅OTAM

I. MARIVS . CRESCIMBENIVS . IN . EAD. BASIL. CAN₂

APERVIT . ET . PRISCO . CVLTVI . RESTITVIT

SIBIQ. IN . HOC . VESTIBVLO

MONVMENTVM . VIVENS . STRVXIT

ANNO . DOMINI . MDCCXVII.

## Ibidem.

*Hanc .*

M      C

P. A. R. C. C.

OBIIT . VIII. MARTII MDCCXXVIII

ET. SVAE . LXV.

17.

## Ibidem.

*In basilicae pariete.*

D. O. M.

IO. MARIO CRESCIMBENI

PATRII. MACERAT.

ARCADIAE IN VRBE RESTAVRATORI

EIVSQ. PMO GENLI CVSTODI

HVIVS INSIGNIS BASILICAE CANC̅O̅

DEIN ARCHP̅R̅O̅

K .      ERGA

INSCRIPT. PICENAE

ERGA VETVSTISSIMAM AC VENVSTISSIMAM
DEIPARÆ IMAGINEM
IN ARA MAXIMA COLLOCATAM
AD CVLTVM AVGENDVM
NOVEMDIALIS ANTE FEST. NATALIS ILLIVS
QVOTANNIS PERPETVO CELEBRAN.
FVNDATORI PIISSIMO
HISTORIÆ VNIVER. ANTIQVISSIMI TEMPLI
PROP. SVMPTIBVS IN BINIS CODICIBVS
TYPIS DEMANDATÆ
COMPILATORI ERVDITISSIMO
CAPITVLVM ET CANONICI
HÆREDES SCRIPTI
PRÆDILECTO FRATRI ET BENEFACTORI
P. C.
ANNO DÑI MDCCLVIII.

18.

S. Mariae Tranflyberim.
*Sepulcrum cum protome.*

D. O. M.

IOSEPH AVIVS PATRITIVS CAMERS HVIVS BASIL. CANONICVS
ANNVO PROVENTV CONSTITVTO
EXPONENDÆ SOLEMNI RITV QVALIBET DIE DOMINICA
VENERABILI EVCHARISTIÆ
VETVSTA SERVATORIS CRVCIFIXI IMAGINE ORNATA
ARA ELEGANTIVS RESTITVTA
SVB EAQVE SELECTIS SS. MM. PIGNORIBVS COLLOCATIS
AD EXCITANDAM ALIORVM PIETATEM
HOC SVÆ PONI CVRAVIT MONVMENTVM
AN. DÑI MDCCXIIX. ID. DECEMB.
ORATE PRO EO.

S. Ma-

19.
## S. Mariae in Via lata.
*Huml .*

PETRVS ANTONIVS VENTVRA CAMERS
HVIVS ECCLESIÆ CANONICVS
SACELLVM HOC A SE ERECTVM
PICTVRIS MARMOREISQVE
LAPIDIBVS ORNAVIT ANNO
DOM. MDCCXLIX.

20.
## S. Caroli ad quatuor Fontes.
*In sacrarii parlese .*

PETRVS FRANCISCVS GIAMPĒ NOBILIS
FABRIANEN. VATICANÆ BASILICÆ
BENEFICIATVS HVIC VEN. ECCLĒ
LOCA X NON VACAB. MONTIS S.PETRI
EX SVO TESTAM. CONDITO VI IVNII
MDCCXX PER ACTA SERII NOT. CVR.
BVRGI CVM ONERIBVS EXPRESSIS IN
ALIO SVO PRIORI TESTAM. AD QVOD
SE RETVLIT NEMPE CELEBRANDI PER
PETVVM ANNIVERSARIVM PRIMA DIE
POST FESTVM SSMÆ TRINITATIS NON
IMPEDITA PRIVATASQ. ALIAS MISSAS
PER ANNVM PRO ANIMA SVA AC
SOR ANGELÆ CELESTIS FORNI
MONIALIS TVNC TEMPORIS ADHVC
VIVENTIS IN MONASTERIO S.
MARGARITÆ DE VRBE LEGAVIT
IGNATIVS GIAMPĒ FRATER
ET HÆRES
( P.

## 21.

### S. Benedicti Tranflyberim.

*In pariete.*

D. O. M.

ANTONIVS . NVNTIVS . PIERVENANZI

GENERE . CAMERS , CLER. TIB. CIV. ROM.

EX . PAROCHO . S. M. DE . PLANCTV

HVIVS . ECCLESIAE . RECTOR

MEMOR . QVOD . OMNES . MORIMVR . ET

QVASI . AQVA . DILABIMVR . IN . TERRAM

ANNOS . NATVS . LII

HIC ; SEPVLTVRAE . LOCVM . VIVVS . ELEGIT , VBI

CAECILIAE . CIOLLI

MATRIS . CARISS. . ET . DE . SE . OPTIME . MERITAE

CORPVS . CONDIDIT

X. KAL. IAN. AER. CHR. CIƆIƆCCXXII

QVAE . VIXIT . ANN. LXXXVI. MESS. IX. D. XX.

IN . PACE

OSSA . EORVM . NE . DIMOVETO

NEQVE , CVM . EXTRANEIS . SOCIATO.

## 22.

### S. Mariae in Vincbis.

*Humi.*

D . O . M

HORATIVS COCCIA SACERDOS

OPHIDANVS QVI PER SPATIVM

43 (Gc) ANNORVM DEIPARAE VIRGINI

IN HAC EIVS ECCLESIA

INSERVIVIT ET VBI PER

LONGVM TEMPVS IN HAC MORTALI

VITA DEGIT IBI VOLVIT ETIAM

RESVRRECTIONEM AD AETERNAM

VITAM EXPECTARE IDEOQVE
SEPVLCRVM HIC ELEGIT
POSTQVAM VIXIT
ANNOS LXXXXIII     (&c)
MENSIS (&c) VI. DIES III. OBYT. DIE XII
APRI. MDCCXXVII.

## 23.

S. Salvatoris apud Pontem Senatorium.

*Humi.*

D. O. M.
DOMINICVS DOMITIANVS
SACERDOS PICENVS
HOC TEMPLVM
EX ASSE HÆREDEM INSTITVIT
CVM ONERE VNIVS MISSÆ
QVOTIDIANÆ
ET HIC EXPECTAT
NOVISSIMVM DIEM
OBYT DIE XV NŌBRIS MDCCXXXIII
VIXIT ANN. LXXVIIII MENS. II.

## 24.

S. Marthae in Vaticano.

*Humi.*

D. O. M.
HIC SITVS EST
IOSEPH MACRINVS SACERDOS
A MONTE VLMI FIRMANÆ DIOEC
VIR PIETATE AC MORVM SVAVITATE
INSIGNIS
QVI HVIC ECCLESIÆ S. MARTHÆ
QVAM LII ANN. SVMMA INTEGRITATE
ADMINISTRAVERAT      VT

VT SIBI ET SVIS
BIS IN SINGVLOS MENSES
PERPETVO SACRVM PERAGERETVR
DVO LOCA MONTIVM
EX TESTAMENTO RELIQVIT
OBIIT VI. ID. IAN.
MDCCXXXIV.
ÆTATIS SVÆ LXXIX. MENSES II

2ʃ.
SS. XII. Apoʃtolorum.
*In claaʃtri pariete.*

D. O. M.
CAMILLO FILIO
CIVI ET CANONICO FANENSI
INSIGNI PROBITATE PRVDENTIA
HVMANITATE VIRO ANN. ÆT.
XXXV. MAGNO BONORVM
MOERORE EREPTO
AFFLICTA DOLORE MATER ANNA
ET FRATRES PARITER AFFECTI
P.

·26.
Ibidem.

D. O. M.
HIC IACET DOMINVS LVCAS
BRANCADORVS
ARCHIDIACONVS FIRMANVS
QVI OBIIT DIE XXVIII.
DECEMBRIS
· · · · · · · ·

RELI-

# RELIGIOSI

## CLASSIS SEXTA.

**I.**

### SS. XII. Apoftolorum.

*Humi.*

IVLIANO CAVSIO A MOLLEANO
PICENO S. T. M. AC CONCIONAT. ILLVST.
OB PRÆCLARA EIVS MERITA
FRANCISCANÆ RELIG. POST S. PAT.
GENERAL. LX. ROMÆ V. ID. IVNII
MDXC. OMNIVM LÆTITIA ELECTO
AC XII. AB ELECT. DIE OMNIVM
MŒRORE DEFVNCTO
FF. MINORES HVIVS ROMANI
CŒNOBII CONVENTES XII. PARITER
AB OBIT. DIE MŒSTISS. POS.

**2.**

### S. Auguftini.

*In pariete, cum imagine depicta.*

D. O. M.
SEPVLCHRALI HOC IN LAPIDE
REVERENDISS. P. FR. FVLGENTIVM PETRELLVM A SICILLO
PARCARVM IMPETV SI ALLISVM CERNAS AD PETRAM
IN PVLVERE NE SVSPICERIS COMMINVTVM

*Inscript. Plit.*                  **L**                  SOSPI-

# INSCRIPT. PICENAE

SOSPITEM ADMIRABERIS
IN TEMPLIS IN CATHEDRIS IN LIBRIS
QVÆ
FACVNDIA SAPIENTIA ERVDITIONE
CONCIONATOR REGENS DOCTOR
EXORNAVIT
AVGVSTINIANÆ REIPVBLICÆ CLARVM REGENS
HONORVMQVE APICEM TENENS
DIGNITATIS CELSITVDINEM MERITORVM SVBLIMITATE
TRASCENDIT
MARMOREVM GRATITVDINIS MONVMENTVM
A CAMILLO ARCVCCIO EIVS NEPOTE
PER SVOS HEREDES TESTAMENTO RELICTOS EXCITATVM
FVNESTVM CREDIS LECTOR AT FALLERIS
AGNOSCE AVARVM MORTIS INGENIVM
PRETIOSISS. VITÆ STAMINA AD ANN. LXXI. DEDVCTA
VENETIIS XVI. MAIE MDCIIL. RESCINDENS
SIGILLO MVNITA
SAXO CLAVSA CVSTODIT

# SENATORES ET ORATORES

## C L A S S I S   S E P T I M A.

---

I.

S. Mariae Majoris.

*In pariete.*

D.   O.   M.

IOANNI PELICANO MACERATESI CIVI ROMAN<sup>O</sup>

I. V. COSVLTISS<sup>O</sup> PROTHONOTARIO APLI NOBIL

ISS.<sup>O</sup> PRÆCLARISI<sup>O</sup>Q.<sup>E</sup> VIRO AC AD SVMA OMNIA

NATO QVOD ALMÆ VRBIS SENATOR TOTIVS

ECCL.<sup>A</sup> DITIS ANNONÆ PRÆF.<sup>TVS</sup> PERVSIÆ VMBRIÆ

Q.GVB.<sup>TOR</sup> ROMADIOLÆ ET EXARCHATVS RAVENÆ

PRÆSES SACRI COSILII COLLECIO ASCRIPTV

HIS ALIISQ. MVNERIB. SVB XISTO V. PONT. MAX.

ADMIRABILI DOCTRINA SVMAQ. PRVDETIA AC

RELIG.<sup>NE</sup> FVCTVS NEC NO AD PRINCIPV NVTV

SÆPE ARDVAR. CAVSAR. DEFINITOR. AC SVMM

PONTIFICVM IVSSV ASCVLI COMITATVSQ

AVENIONIS CONSTITVTIONV REFORMATOR

DEMV INNOCETISS.<sup>Æ</sup> AC OFFICIOS.<sup>MÆ</sup> VITÆ

EXCELSI ANIMI AC NVNQVAM BENEFICIOR

IMMEMORIS ADMIRANDVM POSTERIS EXEMPLVM
RELIQVIT
ANT.º (ôc) FRAN.ˢ FILIVS IVLIVS CÆSAR NEPOS PATRI
ET AVO BENEMERENTISS.º POSVERE
VIXIT ANNOS LXXVI OBIIT KAL.
IAN. M.DXCIII.

**2.**
## S. Mariae de Aracoeli.
### In pariete.

PETRVS . IACOBVS . CIMA
LEONIS . XI . P. M. CVBICVLO . PRAEFECTVS
BENYTINI . DE . CIMIS . AN. MCCCC . BONIF. IX. P.
ALMAE . VRBIS . SENATORIS
GENTILIS . QVI . MEMORIAM . LOCO . MOTAM
RESTITVIT . ANNO . SAL. MDCXIX

✠ INCLITA . DE . CIMIS . BENOTINVS . ET . ALTA . PROPAGO
CINGVLEVS . PATRIA . CVIVS . MODERAMINA . IVSTO
IMPERII . MERVIT . SANCTO . INDVLGENTE . MONARCA
DONATVSQ. ROSA . PRO . NOBILITATIS . HONORE
CORPORE . FORMOSVS . VVLTVQ. TREMENDVS . ET . ARMIS
IVSTITIE . CVSTOS . MIRA . PROBITATE . SENATOR
VRBI . PREPOSITVS . FATIS . HEV . RAPTVS . INIQVIS
HIC ; CORPVS . LINQVENS . ANIMA . REPETIVIT . OLYMPVM

**3.**
## In aula Senatoris.

VRBANO . VIII. PONT. OPT. MAX.
BALDVS . MASSEVS . CAMERS

VR_

VRBIS . SENATOR
INTERNAM . SENATORIARVM . AEDIVM . PARTEM
AVXIT . ET . CONCAMERAVIT
SVPERNAM . LAXANDO . PVBLICO : CARCERI
ATTRIBVIT
AQVAM . PERENNEM . IN . EVNDEM . CARCEREM
ET . HORTOS . A . SE . AVCTOS . AC . MVRO . CINCTOS
PERDVXIT
ATQVE . INDE . AD . AEDEM . PROXIMAM
CONSOLATRICIS . VIRGINIS . DERIVAVIT
ANNO . IVBILEI . MDCXXV.

4.
In atrio carcerum Capitolii.

BALDVS . MASSEVS . VRB. SEN.

5.
S. Laurentii in Damaſo.
Humi.

D O M
IACOBO IOANNI CAVCCIO
PATRITIO ASCVLANO
APVD SANCTAM SEDEM APOSTOLICO
REGNANTE SIXTO IV. PONT. OPT. MAX
ORATORI PRO PATRIA EXTRAORDINARIO
ALIISQVE NVPER EX MARCHIONIBVS CAVCCIIS
ILLINC ORIVNDIS IN VRBE DEGENTIBVS
IOANNES BAPTISTA MARCHIO FARAONIS
SIBI POSTERISQVE SVIS MONVMENTVM POSVIT

S.Pe-

6.

S. Petri in Monte Aureo.

*Humi.*

D O M

GVELPHO DE TANCREDIS

PATRICIO ANCONITANO

AD SVM. PONTIFICEM ORATORI ELECTO

IN HAC ÆDE ANNO 1644 (6c) DEFVNCTO

— IOANNES ET MARIVS

PICCHI DE TANCREDIS

EIVS FILII PRECANTVR REQVIEM

# IVRISCONSVLTI

## CLASSIS OCTAVA.

---

### I.

### S. Augustini.

*Humi.*

LVCE . ANGELO . PACINO . L V. D.
A . ROCCHA . CONTRACTA
SENOGALLIEN. DIOEC. IN
RO. CVRIA . CAVSAR. PATRONO
EGREGIO
CAROLVS . ET . CLARA . PACINI
PAREN. MOESTISS. POS.
VIXIT . ANN. XXXVI
MEN. VIL DIES . XXIIII.
OBIIT . AN. DO. MDLXVIIIL
DIE . XXVI. SEPTEM.

### 2.

### S. Eustachii .

*Humi.*

D. O. M.
IO. BAPTISTÆ DIONYSIO
AVXIMATI I. C. ACVTISS. QVI NO
MODO ALEX. CARD. FARN. OB
SPECTATAM IN GRAVISS. CAVSIS
PRVDENTIAM DIV VIXIT
FAMILIARISS. VERVM VNI
VERSÆ ROM. CVR. OB RECONDI
TAM DOCTRINAM AC SINGV

LAREM

LAREM PROBITATEM FVIT
IVCVNDISS. MARCELLVS
MELCHIORIVS CASTRI TVR
RITE D^VS AMICO CARISS. GRATI
ANIMI AC FIDEI MONVMENTV
POSVIT
ANN. AGENS LXIV. ID. APR. M.DXCIV
DEFVNCTVS LABORIB. DECESSIT
AVRA FOROQ. MOERENTIE.

3.

S. Mariae de Pace.

*In clauftro cum imagine depicta.*

D. O. M.

AVGVSTINO . LAZARINO
MONTIS , MILONEN. CIVI . ROM.
VIRO . IVRIS . VTRIVSQ. SCIENTIA
INSIGNI
PRIMARIO . CAVSAR. CRIMINALIVM
DEFENSORI
CLIENTIBVS . PATROCINIO
EGENIS ; LIBERALITATE
OMNIBVS , OFFICIO . AC , FIDE
DIV . PROBATO
SIMON . LAZARINVS
FRATRI , BENEMEREN
PON. CVR.
VIXIT , ANN. LXXIV
OBIIT . IV. IDVS . IAN.
ANN. DNE
M. D. XCVI

S. Ho-

### 4.
## S. Honuphrii..
*Humi .*

GVIDO NOLTIVS
FANENSIS I. V. D.
VT SEMEL IN HEB
DOMADA SACRVM
IN HOC SACELLO
AB HVIVS TEMPLI
FRATRIBVS FIAT
CENSVM TRIBVIT
PER ACTA AMADEI
NOTAR. AVD. CAM.
ANNO M.DCIIII

### 5.
## S. Mariae de Oratione, vulgò della Morte,
*Humi .*

D. O. M.
REGVLO . MARIOTTO . B . S. GENESIO . I. V, D.
CIVI . ROMANO
PVBLICIS . MVNERIBVS
CHRISTIANÆ . PRÆSERTIM . PIETATIS . OFFICIIS
PARI . CVM . BONORVM . LAVDE
ET . VIRORVM . PRINCIPVM . GRATIA
ROMÆ . DIV . PERFVNCTO
AD . OSSA . CVRII . FRATRIS
LAVINIA . MARCVCCIA . CONIVX
ET . REGVLVS . MARIOTTVS . EX . SORORE . NEPOS
HAERES . MVLTIS . CVM . LACRIMIS . POSS.
OBIIT . VI. IDVS . MAII . MDCXVII.
ANNOS . NATVS . LIII. MENSES . IX. DIES . X.

# INSCRIPT. PICENAE

### 6.

## S. Mariae de Horto.
### Hami.

D. O. M.
ROMVLO BENCIVENNIO DE
MONTENOVO ET CIVI ROMANO
I. V. D. VIRO INTEGERRIMO
IACOBVS BENCIVENNIVS
FRATRI DILECTISS. POSVIT
VIXIT ANNOS LIII. MENSES SEPTEM
OBIIT DIE XXIV. IVLII
ANNO INCARNAT. DOMINI
MDCXXIX.

### 7.

## S. Andreae de Valle.
### Hami.

D. O. M.
ME PICENORVM GENVIT MONS GALLVS ET ALMA
ROMA DEDIT FVNVS DOCTOR EQVESQ. IVI
MONS DEDERAT CVNAS VALLIS MIHI CONDIDIT OSSA
MVNDI INCERTAS ADVENA DISCE VICES

THOMAS PAVLINVS GRATVS HAERES
DOMINICO PATRVO BENEMERENTI
PROVIDVS MORTISQVE MEMOR
SIBI SVISQVE POSTERIS
ANNO IVBILAEI M. DC. L. MOERENS POSVIT
VIXIT AN. LXIII. MENS. V. OBIIT VIII. KAL. IVN.
M. DC. XLIX.

S. Jo-

## 8.

### S. Johannis in Ayno.

*Humi* .

D. O. M.

IOANNAE TERESIAE PANICOLAE DE SCIPIONIB
NOBILI ROMANAE
CVI SEPTIMVM PARIENTI FILIVM
PARCAE PARCERE IN PARTV NOLVERVNT
MAXIMILLVS SCIPIONVS NOBILIS PICENVS
IN ROM. CVR.
CAVS. PAVPERVM VIDVARVM ET PVPILLOR
S. HIERONYMI CHARITATIS PATRONVS
CONIVGI CARISS.
SIBI ET SVCCESSORIBVS
AC FAMILIAE PANICOLAE
MONVMENTVM P.
ANNO MDCLXII
OBIIT ANNO D. MDCLXII. NON. FEB.
AET. SVAE XXXIV. MENS. IV. DIES XIII

## 9.

### S. Francisci ad Ripam.

*Humi* .

D O M
TORQVATVS TAGLIAFERRVS L V. D.
A MONTE LEONE
HIC POSITIS CINERVM EXVVIIS
EXPECTAT IMMORTALIA
CAVSARVM OLIM PATRONVS
VRBI ROMÆ PROBITATEM
AC DOCTRINAM
MOX RERVM ECCLESIASTICARVM
IVDEX VICARIVS
AEQVITATEM IVRIS VRBIBVS

M •                    AP-

APPROBAVIT
DIGNVS QVI DIVTIVS
VRBI PRODESSET
OBIIT ROMAE A. M.DC.LXIV
AETATIS SVAE LIX
. . . . . . . . TAGLIAFERRVS
. . . . . . . MOERENS


10.
S. Salvatoris in Lauro.
*Humi .*


D. O. M.
IOANNES DOMINICVS CORRADVS
CIVIS FIRMANVS I. V. D. EX COLLEGIO
PATRONORVM CAVS. SAC. PAL. APLĪCĪ
IN FORENSIBVS CONTROVERSIIS
INTEGERRIME PERTRACTANDIS
VERSATISSIMVS ET NVLLI SECVNDVS
VRBANITATE MORVM
MENTIS ALACRITATE
PRINCIPIBVS VIRIS PERCHARVS
ET CHRISTINAE REGINAE SVECIAE
PROCVRATOR
VITAM PIE TRADVCTAM
POST DIVTVRNVM MORBVM
CONSTANTIA CHRISTIANA SVBLATV̄
PIISSIMA MORTE TERMINAVIT
SPIRITVM DEO REDDENS
CORPVS DEI MATRI COMMENDANS
IN HOC TEMPLO
DIVAE VIRGINIS LAVRETANAE
SACRAM CVIVS DOMVM
IN CORDE GEREBAT
OBIIT SEXAGENARIO MAIOR
ANNO DOMINI MDCLXXXVII

## 11.
### Ibidem.
*Humi.*

D. O. M.
PETRO FRANCISCO PAVONIO I. V. D.
E MONTE FORTINO IN PICENO
POST CONSTRVCTIONEM CAPPELLÆ
IN TESTAMENTO DEMANDATAM
EXECVTORES TESTAMENTARII
VNA CVM ADMINISTRATORE HÆREDITATIS
POSVERE
ANNO SAL. MDCXCIV

## 12.
### Ibidem.
*Humi.*

D. O. M.
ANTONIVS CORRADINVS DE FABRIANO
VNVS EX COLLEGIO PATRONORVM
ET HVIVS ECCHLESIAE (&c)
SECRETARIVS ET DEPVTATVS
VIXIT AN. LIV. OB. XXXI. IAN. MDCXCIII.
MESTISSIMI FRATRES POSVERE

## 13.
### S. Mariae de Aracoeli.
*Humi.*

D. O. M.
FLAMINIO VICORITO PATRITIO FIRMANO
QVI GRAVIORIB$^S$ DISCIPLINIS ELOQVENTIA ADEO CONIVNXIT
VT IN EIVS ORE SVADELA INSIDERE VIDERETVR
IVRIS VTRIVSQVE DOCTISSIMVS IN FIRMANO PRIMVM
DEIN-

DEINDE IN ROMANO ARCHIGYMNASIO PVBLICE DOCENS
NOBILIVM AVDITORVM FREQVENTIA CONSPICVVS
EX EO& NVMERO EGREGIE PROBATV HÆREDE RELIQVIT EX ASSE
ALEXANDRVM FALCONERIVM
QVI SOLA PROPENSÆ VOLVNTATIS SIGNIFICATIONE CONTENTVS
IN EIVS ANIMÆ EXPIATIONE COLLATA BONA REFVNDENS
AD AMICI QVOQVE MEMORIA PROPAGANDAM
MONVMENTVM POSVIT
OBIIT ANNO D. MDCIC. PRID. IDVS MARTII
VIXIT ANNOS LVIII. M. VI.

## 14.

### S. Mariae de Victoria.

*Hæsi.*

D. O. M.
CAROLO NICOLAO SEVERINO
I. C. FABRIANENSI
IN ROMANA CVRIA
SAC. PALATII EX XXIV. DE COLLEGIO SELECTIS
CAVSARVM PATRONO
VIRO
INGENII ACVMINE DICENDI FACVNDIA
ET SCRIBENDI ROBORE
PRÆCLARISSIMO
IVSTITIAE ET VERITATIS CVLTORI
INTEGERRIMO
CVI
DVM MORS VITA IMMINVIT FAMAM ADAVXIT
AN. DOM. MDCCV. XXX. IANVARII
ÆTATIS SVÆ LXXIII.
SVPREMVM IN HOC LAPIDE MONVMENTVM
CATHARINA FRANCISCA BADESSONIA VXOR
MOESTISSIME POSVIT

VBI

# CLASSIS VIII.

VBI ETIAM SIBI  •
ET
ANNÆ MAGDALENÆ SEVER. DE ALBERICIIS
ET MARIÆ FRANCISCÆ SEVER. DE VETERA
FILIABVS
EARVMQVE DESCENDENTIBVS
CVM E VIVIS EXCESSERINT
SEPVLCHRVM CONSTITVIT
ANNO DOMINI MDCCXVIII.

## 15.
## S. Birgittae .
*Huml.*

D. O. M.
ANTONIVS FRANCISCVS FOGLIETTI
L V. D.
EX OPPIDO SANCTI IVSTI IN PICENO
CAVSARVM HVIVS CŒNOBII PATRONVS
VIR PROBVS HONESTISQVE MORIBVS
ORNATVS
QVI OB EXIMIAM IN S. BIRGITTAM PIETATEM
MORIENS HOC LOCO SEPELIRI MANDAVIT
VIXIT ANNOS LXI. MENSES V. DIES XXVIII
OBIIT DIE XVI. MAII A. D. MDCCXXVIII

## 16.
## S. Mariae in Vallicella .
*Humi.*

D. O. M.
ANGELO MARIÆ TINELLI
NOB. CAMERTI I. V. D.
CAVSARVM IN VRBE ET SACRI PALATII APLICI
PATRONO EGREGIO
QVI VIXIT ANNOS LX

ODIIT

OBIIT IV. KAL. OCTOBRIS MDCCXXIX.
PHILIPPVS ET FERDINANDVS
PARENTI OPTIMO
SIBI ET SVCCESSORIBVS SVIS
M. P.

**17.**

**SS. XII. Apoftolorum.**
*Hami.*

D. O. M.
FRANCISCVS COLINI
NOB. PATR. ÆSINAS
ET IN ROM. CVR. ADVOC.
PRO SE ET SVIS
A. MDCCXLII.

**28.**

**S. Salvatoris in Lauro.**
*Hami. .*

D. O. M.
HIC IACET IOSEPH CAMILLVS DE
VALENTINIS L. V. D.
AVXIMANVS CVIVS VOLVNTATE
IMMVTATA A S. C. C.
DEPOSITVM PROPE IANVAM
QVE DVCIT AD ATRIVM
ET LOCO SPECVLARIS PALLIVM
EX LAMINA ARGENTEA ELEGANTER
CONFECTVM IN HOC ALTARI
SSMI CRVCIFIXI CONSPICITVR
ANNO DNI M.D.CCLIX

# MILITES
## CLASSIS NONA.

---

**I.**

### S. Laurentii in Damaſo.

*Sepulcrum cum proſome.*

D. O. M.
ANNIBALI CARO
EQVITI HIEROSOLIMITANO
OMNIS LIBERALIS DOCTRINAE
POETICAE INPRIMIS ORATORIAEQVE
FACVLTATIS PRAESTANTIA
EXCELLENTI
PETRO ALOISIO PARMENSIVM DVCI
ET ALEXANDRO CARDINALI FARNESIIS
OB SPECTATAM IN CONSILIIS DANDIS
EPISTOLISQVE SCRIBENDIS
FIDEM ATQVE PRVDENTIAM
SVIS VERO ALIISQVE OMNIBVS
OB SINGVLAREM PROBITATEM
AC BENEFICENTIAM
CARISSIMO
VIX. ANN. LIX. MEN. V. DIES XII.
IOANNES ET FABIVS CARI
FRATRI OPTIMO
IOANNES BAPTISTA IOANNIS F.
PATRVO BENEMERENTI
POS.
OBIIT XV. KAL. DECEMBRIS M.D.LXVI

2.

## SS. XII. Apostolorum .
*In clauſtri pariete .*

D. O. M.
FAVSTINO BVSONTONO
E CRVSPERIO AGRI CAMERTIS
COPIARVM DVCI FORTISSIMO
MARCVS ANTONIVS COLVMNA
GRATI ANIMI PRINCEPS POS.
VIX. ANN. LII. MENS. VIII. D. X.
OBIIT AN. SAL. MDLXIX. MEN. IAN.

3.

## Ibidem .

D. O. M.
IACOBO MATTHEVTIO FIRMANO
TRIBVNO MILITVM ILLVSTRI
PRAECLARO ANIMI CANDORE
EXPLETA ET SOLERTI MILITARI PERITIA
VIRIS PRINCIPIBVS CARO
IN GLORIOSIS BELLICIS EXPEDITIONIBVS
TVM MELITANA NAVALIQ. IN TVRCAS
ET GALLICANA IN VGONOTTOS
AD SVMMAM LAVDEM EVECTO
AD SVBLIMIORA PROPERANTI
IMMATVRA MORTE PRAEREPTO
VIXIT ANN. LIL MENS. VI. DIES XX.
OBIIT IDIB. DECEMB. M D.LXXXIII.
CONCEPTVS MATTHEVTIVS FRATER POSVIT

+

## S. Mariae Transpontem.

*In pariete.*

DEO ET
S. BARBARÆ VIRGINI ET MARTIRI
CLEMENTE VIII. PONT. MAX.
PETRO EIVS FRATRIS FILIO
S. R. E. DIACONO CARD. ALDOBRANDINO
ARCIS S. ANGELI PRÆFECTO AVCTORE
AMERICO CAPPONIO ARCIS PROPRÆF. CVRANTE
BOMBARDARIORVM SODALITAS
QVORVM NOMINA INFRASCRIPTA SVNT
IO. STEPHANI CHIZOLÆ ORDINIS CARMELITAR.
MAGISTRI GENERALIS ASSENSV
E SVIS STIPENDIIS VIRITIM COLLATA PECVNIA
S. BARBARÆ PATRONÆ OPTIMÆ
SACELLVM ERExIT ORNAVIT DOTAVITQ
XVI. KAL. FEBR. ANNO A CHRLTO NATO
CIƆ. IƆ. XƆIV.
IO. MARIA FABRICES A CAGLIALI INSVPER (&c)
MANILIVS ORLANDIVS ROMANVS
CVRTIVS GALLVCIVS MATTILICAS PICENS (&c)
DOMINICVS CONA ROMANVS
SEBASTIANVS BINVS FLORENTINVS
FRANCISCVS CIAVATTVS PERVSINVS
ANTONIVS MARCVCCIVS PERVSINVS
IO. MENICHINVS PIENTINVS
FRANCISCVS MARIA MEDIOLANENSIS
SANTES BARDVS FLORENTINVS
IO. DOMINICVS IORDANVS TIBVRS
HORATIVS CAVSARIVS ROMANVS
ANDREAS FERARIVS MVTINENSIS
IO. MARIA VICVS LIGVR.

5.

## S. Augustini.

*Humi.*

D. O. M.
HORATIVS EX NOBILIBVS
DE ALVITRETIS ASCVLANVS
MARIANI FILIVS HIC SITVS
EST QVI TRIBVNITIE
ECCLESIASTICE MILITARIS
PREFECTVM MAXIMA LAVDE
ADMIRABILIQ. FORTITVDINE
ET ESTRENVITATE CVM
HOC MVNERE FVNCTVS
FVISSET NON ABSQ. OMNIVM
IN GENTI (sic) MERORE DIEM
SVVM VLTIMVM CLAVSIT
DIE VII AVGVSTI
MDXCVI
FAVSTINA SALDINA
VXOR ET SILVIVS
FILIVS MESTISSIMI
PP.

6.

## S. Mariae de Populo.

*Humi.*

D. O. M.
MILITVM QVI AD ILL^MI
ROMANI GVBERNATORIS
IVLII MONTERENTII
CVSTODIAM EXCVBANT
PETRVS SACCHETTVS
SANCTO SEVERINAE

HVIC

# CLASSIS IX.

HVIC COHORTI PRÆFECTVS
FACIENDVM CVRAVIT
DIE XXV. IANVARII
ANNO BISSESTILI M. DC. XII

### 7.

## SS. XII. Apoftolorum .

*Hæmi .*

D. O. M.

LVDOVICO CICOLINO IOSEPHI F.
MACERATENSI PATRITIO EQVITI S. STEPHANI
BONORVM AMANTISSIMO MALORVM PATIENTISSIMO
PIETATE IN DEVM BENEVOLENTIA IN HOMINES
MODERATIONE IN SE CLARISSIMO
BERNARDINA PELICANA MATER OPT. F.
VICTORIA TARDINA MARITO CHARO
ET CVM IIS ANTONIVS CICOLINVS
EX PATRVELE NEPOTI
PROPE SVAM FILIAM MARGARITAM
PONI CVRAVIT
VIXIT ANN. XXXVIII. MENS. VII.
OBIIT ANNO SAL. MDCXXXVIII.
OCTOBR. DIE XXIII.

### 8.

## SS. Vincentii & Anaftafii in Trivio .

*Hæmi .*

D. O. M.
HIERONYMAE VATIELLAE
NOBILI FEMINAE ANCONIT.
IN QVA RELIGIO MORVM SVAVITAS

ET

ET ADMIRABILIS PRVDENTIA
FLORVERE
QVAE DVODEVIGINTI MENSES
CVM MARITO CONIVNCTISSIME
VIXIT
AC DEMVM IN PARTV
EXTINCTA EST
IO. FRANCISCVS FERRVCCIVS
ECCLESIASTICI EXERCITVS
COLLATERALIS
CONIVGI CARISS. CVM
LACRYMIS POS.

OBIIT AN. AET. XXXV.
ANNO DOM. MDC. XL. VI.
DIE X. NOVEM.
ET CONDITA IN HOC SEP.
DOMVS FERRVCCIAE

9.
S. Mariae Tranflyberim.
*In pariete.*

D. O. M.
IOANNI PAVLO MOZZIO LAVRETANO
SS. MAVRITII ET LAZARI COMMENDATARIO
VIRO NON MINVS PROBITATE VBIQVE CONSPICVO
QVAM IN AVLA ROMANA PLVRIMIS SERVITIIS PRINCIPVM
FIDE ET DILIGENTIA LAVDABILITER EXPERTO
AETATIS SVAE ANNOR. LXXV
ET ANNAE MARIAE RESTAGNAE ROMANAE
VIRTVTE ET HONESTATE MERITISSIMAE CONIVGI
AETATIS SVAE ANNOR. LXIII.
IN EODEM MENSE NOVEMBRIS ANNI MDCLXXIII

8X

EX HAC MORTALI VITA EREPTIS
CVM XXXXV ANNORu SPATIO SIMVL IN CARNE VNA VIXERINT
IDEO IN OSSIBVS HIC SEPARARI NOLVERVNT

IO.

S. Mariae de Scala.

*Sepulcrum cum protome.*

D. O. M.

LEONORE . FERRETTE . EX . COM. IOANNE . EQVITE . CALATR.
FILIO . COM. VGONIS . EQVIT. S. IACOB. AC . NEPOTE
FR. CESARIS . EX . COMIT. CASTRI . FERRETTI
PRIORIS . S. STEPHANI . DVCIS . CLASSIS . MILITEN. ET
LEGATI . APVD . PHILIPP. III. REG. HISPAN.
ET . EX . COM. CATHARINA . BORBONIA
EX . MARCHION. MONT. S. MARIE
PRONEP. CARD. A . MONTE . SAC. COLL. DECANI
QVE . ORBATA . VIRO . DILECTISS.
BERNARDINO . GALLO . EQVIT. S. IACOBI
PRONEPOT. CARD. GALLI . SAC. COLL. DECANI
TVTIVS . ANIME . SVE . CVNSVLTVRA (fic)
ANCONA . SE . TRANSTVLIT . ROMAM
VBI . IN . ROC . MARMORE
MAIOR. SVOR. SCVLPTA . MEMORIA
VT . CITIVS . CELVM . ASCENDERET
ADHVC . VIVENS
HANC . SCALAM . ELEGIT
OR. AN. MDCXCVII.
ETAT. SVE . AN. LXXXIV.
MEN. IV. DIE . XXVII.
CONSEPVLTA . IACENT . OSSA
FRANC. MARIE . GALLI . FILII
DEFVNCT. XXXI. AVGVST.
A. D. MDCCV.

E. Sil-

## II.

S. Salvatoris in Lauro.

*Humi.*

D. O. M.

FR. VGONI EX COMITIBVS FERRETTIS
PATRITIO ANCONITANO
AC RELIG. HIEROSOLYMIT. COMMENDATAR.
MAGNIQVE PRIORATVS VRBIS
LOCVMTENENTI
VIRO SVMMA PIETATE AC NOBILITATE
CONSPICVO
FRATRI OPTATISSIMO
COMES IOANNES FERRETTVS
M. P.
LVCEM ASPEXIT
PRIDIE IDVS NOVEMBRIS MDCLII
OBIIT
NONIS FEBRVARII
MDCCXV

## III.

S. Francisci Stygmatum.

*In pariete.*

D. O. M.

CAMILLVS COMES FERRETTI ANCONITANVS
HIEROSOLYMITANVS EQVES
SANCTAE MARIAE COLLEMODIAE
AD CENTVMCELLAS COMMENDATARIVS
SVB CLEMENTIS X PONTIFICATV TRIREMIVM DVX
AC SVB INNOCENTII XI AVSPICIIS
NAVALIS CLASSIS MODERATOR EGREGIVS
EIVSDEM QVOQVE SVMMI PONTIFICIS IVSSV
IN PRAEFATA CIVITATE
ARMORVM REGIMINE STRENVE PERFVNCTVS

QVI.

QVIQVE SVORVM DVMTAXAT MERITORVM INTVITV
ANNO MDCCXXVIII
MAGNÆ CRVCIS
ATQVE NEAPOLITANI BAIVLIVATVS HONORE
AB IPSAMET HIEROSOLYMITANA RELIGIONE
CONDECORATVS
POST ANNORVM LXXXVII MENSIVM II
AC DIERVM XII CVRSVM
PRECLARE GESTIS EMENSVM
XI KALENDAS MAII MDCCXXXIII
E VIVIS GLORIOSE EREPTVS
HIC
POSTREMIS SVIS TABVLIS
TVMVLARI DECREVIT

13.

## S. Bonaventurae.

*Hami.*

D. O. M.

CLAVDIVS . DE . GABBVCCINIS . PATRICIVS . FANESTER.

MARCHIO . A . VILLANOVA

ORDINIS . MILITARIS . S. STEPHANI . EQVES . COMMENDAT.

TERTIO . POST . OBITVM . DIE . QVARTO . NONAS . XEMBRIS

MDCCLIX

R. S. E.

# OFFICIA DOMVS PONTIFICIAE

## CLASSIS DECIMA.

**1.**

### S. Mariae de Aracoeli.

*Humi.*

FLOCCA DOMVS NOMEN MIHI SANCTES PATRIA FIRMVM
SCRIPTOR ERAM ET MEDICVS PAVLE SECVNDE TVVS
VIXIT AN. XLIIII. OBIIT IIII. NON. OCTOBR. FRATRI
CONCORDIALI NICOLAVS FLOCCIVS B. M. POSVIT

**2.**

### S. Petri in Vaticano.

*In cryptis.*

D. O. M.
IOANNI BAPTISTÆ Y BENEDICTO
CAMERTI EQVITI D. PETRI COMITI Q
PALATINO PAVLI III. PONT. MAX. DOMESTICO
QVI OBIT (&c) AN. SAL. HVM. M. DL. X. VI. VIII.
IDVS APR. ÆTATIS SVÆ LXVII. M. V. D. I
CAROLVS EIVSQ. NEPOTES FRI ET PATRVO
CARISS. POSS.

**3.**

### S. Agnetis extra muros.

*In pariete, cum Pontificis imagine depicta.*

D. O. M.
ET . MEMORIAE
LEONIS . XI. SVMMI . PONT.

QVI .

QVI . PRO . EXIMIA . SVA
IN . B. AGNETEM . PIETATE
TEMPLVM . HOC . RESTAVRARE
ET . ILLVSTRARE . AGGRESSVS
PRAECIPVVM . SACELLI . HVIVS
CVLTVM . ELEGANTIAMQVE
MOLIEBATVR
NISI . MORS . PRAEPROPERA
COEPTIS . INTERVENISSET
PETRVS . IACOBVS . CIMA
EIVSDEM . PONTIFICIS
INTIMI . CVBICVLI
PRAEFECTVS
IDEM . SACELLVM . ORNANDVM
CVRAVIT . VOTI . SVI
ET . PERPETVAE . ERGA . OPTIMVM
ET . OMNIBVS . OPTATISSIMVM
PRINCIPEM
OBSERVANTIAE . MONVMENTVM
AN. SAL. CIↃIↃCIX

4.

S. Mariae de Aracoeli.
*Humi.*

D O M
ALEXANDER CAMERINVS
PATRICIVS CAMERE BVLLARIE
APLICAE PRAESES
FRIS IVNIPERI OLIM DIEM
FVNCTI OSSIBVS PIETATIS
ERGO DECENTIVS SVPRA
REPOSITIS EA PROPE SIBI
MORTALITATIS SVAE
MONVMENTVM VIVENS
IN SOLO POSVIT
A. SAL. MDCXXI

O ●

5.

## S. Salvatoris de Cupellis.

*Humi.*

D O M
SILVERIO SPICIATO SEPTEMPEDANO
COMITI PALATINO PROTONOTARIO APLĪCO
BENEFICIATO LATERAÑESI
EMINENTIS. CARDINALI BVRGESII FAMILIARI (&c)
ET PAVLI V. PONT. MAX. INTIMO CAPELLANO
QVI IN EORVM FAMVLITIO
FIDELITER SENPER VERSATVS
HERIS GRATVS AMICIS CHARVS CETERIS IVVENDVS (&c)
INOPINA MORTE RAPTVS
MAGNVM SVI DESIDERIVM OMNIBVS RELIQVIT
OBIIT ETATIS SVE ANNO LVI
CHRISTI AVTEM CIƆIƆCXXX
PRIDIE IDVS NOVEMBRIS
AVRISILLA SPICIATA DE BERGAMINIS SOROR
ET HERES AB INTESTATO
SEVERINVS VITALIS AFFINIS
FRANCISCVS BENIGNVS EQVES LVSITANVS
ET CAROLVS FERRINVS
BENIGNE INCIDI CVRARVNT

6.

## S. Mariae de Aracoeli.

*In pariete.*

TRIBVS RINALDVCCIIS
NOBILIBVS FANENSIBVS
ARNVLPHO QVI SANCTIS HIEROSOLYMAE LOCIS
CAROLI V. IMP.
ATQVE HENRICI II. XPMI REGIS AVLIS PERLVSTRATIS
A PIO V. INTER CANONICOS S. PETRI

A PAV-

A PAVLO ITIDEM V. INTER
SVI CVBICVLI HONORARIOS ADLECTVS TANDEM PIETATIS
MERITIS CVMVLATVS FERE CENTENARIVS DESIIT M. DC. XX
ALOYSIO EIVS NEPOTI ET IN CANONICATV SVCCESSORI
VBI ET ECCLESIASTICAE DISCIPLINAE LAVDIBVS ET IVRIS
RERVMQ. AGENDARVM PRVDENTIA AEQ. VSVI ATQ. ORNATVI
MAGNVM SVI DESIDERIVM SEPTVAGENARIVS
RELIQVIT M.DCXXIII
IACOBO HVIVS SOBRINO
IN EADEMQ. BASILICA BENEFICIATO
PERPETVO LITTERARVM LITTERATORVMQ. CVLTORI
CVI SEXAGENARIO MORS EX PHARMACO
INTEMPESTIVE SVMPTO MAIORA ABSTVLIT M.DC.XXII
THEODORVS RINALDVCCIVS SVIS MAIORIBVS PATRVISQ.
M. P. M.DC.LX

## 7.

In templo Vallicelliano .
*Hoei .*

D O M
LAPIDEM HVNC PEREGRINANTIS VITÆ TERMINVM
ANTE SACELLVM SVI APVD DEVM POTENTMI PRONI
S. PHILIPPI NERII
PETRVS SANCTES FIL. Q. GABRIELIS FANTI ET
CHERVDINÆ BOTTE CONIVG. EX C.$^{O}$ ROTVNDO CAMERIN.
DIÆC. PROT. APLCVS ET SACEL. PONTIF. CÆREMON.
PRÆFECTVS PROPERANTEM MORTEM PRÆVENIENS
SIBI ADHVC VIVENS POSVIT
OBYT DIE XXVI DECEMBRIS MDCCXIII
ANNORVM OCTO SVPRA OCTVAGINTA

Ia

**8.**

In templo Farnesiano.

*Hami .*

●

D. O. M.

PETRO ANTONIO CIMA CINGVLANO
PROTONOTARIO APOSTOLICO
ET EQVITI S. MICHAELIS
VITÆ INTEGRITATE PRVDENTIA ET
CHRISTIANA VIRTVTE CONSPICVO
QVI LEONI XI P. M. CVBICVLI PRAEFECTVS
ET CARISSIMVS FVIT
OBIT ANNO AETATIS LVI
SALVTIS MDCXXXII. IV. KAL. APRIL.
MASIVS FRATER ET HAERES
FRATRI OPT. ET OPT. MERITO P.

MASIVS CIMA IO. BAP. FIL.
GENTILIS SVI MEMORIAM
RESTAVRAVIT AN. MDCCXXXIX

---

**1.**

### S. Luciae de Gonfalone.

*Humi.*

QVI STAT VIDEAT NE CADAT
D. O. M
MICHELANGELO THOMASINO DE
RIPATRANSONE CI. RO. CANC. AP.
NOT. AC R.<sup>MI</sup> ET ILL.<sup>MI</sup> D. G. ASC.
SFORTIE CAR. S. R. E. CAMER. A
SECRETIS GERMANO FRATRI SVO
OPT. B. M. LVCAS THOMASINVS MERENS
VIX. AN. XXXVI. OBIIT XXVI. IAN.
M. D. XLVI

**2.**

### Ibidem.

*Humi.*

D. O. M
FABRITIO . E . VARANA . HONES
TISSIMA . CAMARINI . DVCVM
FAMILIA . ORTO
GVIDO . ASCANIVS . SFORTIA . S. R. E.
CARD. CAMER. FAMILIARI .
IVCVNDISSIMO . B. M. F.
VIX. ANN. XLV. OBIIT . DIE
VII. MENSIS . AVGVSTI . ANN. SAL.
M. D. LIII

### 3.

S. Mariae supra Minervam,
*Hæi* .

VINCENTIO PALATIO
ANTONII F. FANENSI CVIVS
ID ERAT INGENII SPECIMEN
VT ILL. AC & CARD. ALEXANDRIN
PII V. PONT. MAX. NEPOS
ILLO AMMISSO
NON TAM CVBICVLARIO SED
INTIMO LICET AC NOBILI
QVAM SVAVISS. ET PRVDENTI
VIRO PRIVARI DOLVERIT
PATER ET PENTHESILEA
MATER INCONSOLAB.
OBIIT IMMATVRO ÆTATIS
SVÆ ANNO XXII DIE XIII
SEP. M. D. LXVIII

### 4.

S. Simeonis prophetae.
*Hæi* .

D. O. M.
CAESARI MARIANO FIRMANO
ILL.<sup>MI</sup> ET &<sup>MI</sup> PIAE MEMORIAE
DNI IOIS ANTONII CAR<sup>LIS</sup>
CAPISVCCHI DVM VIXIT
FAMILIARI AMICVS
QVIDAM INTEGRITATIS
P. C.

INGENIVM VITAMQ TVAM
CARISSIME CÆSAR

COGNOVI ROMÆ TVNC PLACV
ISSE BONIS

VT

VT TE GAVDENTEM VIDEAM
REGIONE POLORVM
CONCIVEM FACIAT QVI REGIT
ASTRA DEVS

OBIIT MENSE AVGVSTI M. D. LXXX

### 5.

## S. Mariae de Populo.
*Huml.*

D. O. M.

RVBERTO . PINO . PATRICIO . AVXIMATI
ILL.<sup>MI</sup> ET R.<sup>MI</sup> DD. NICOLAI . CAETANI . CARD.
SERMONETA . A . SACRIS . VIRO . PROBO . ET . PIO
MVLTIS . IN . SODALITATIB. SANCTIS . MVNERIB.
EGREGIE . FVNCTO . CAVDATARIORVM
DECANO
IOSEPH . BONIPETRVS . NOVARIEN
NICOLAVS . MASSVTIVS . RECANATEN
IVLIVS . ALTOBELLVS . MVTINEN
TESTAMEN. EXECVTORES . PP.
VIXIT . ANN. LXXXI. MEN. I. D. XVI
DECESSIT . IBIB. OCTOB. M. D. LXXE

### 6.

## S. Honuphrii.
*Huml.*

D. O. M.

RANVTIO THOMASINO FANENSI
QVI GENERIS CLARITATE
MORVM PROBITATE
FIDEI INTEGRITATE
ALEXANDRO DE MONTEALTO CAR.
S. R. E. VICECANCELLAR

# INSCRIPT. PICENAE

CARISSIMVS FVIT
GALEOTTVS ET LAVRA MESTISSIMI
FIL. DESIDERATISSIMO P. C.
VIX. AN. XXXI
OBIIT AN. D. MDXCI

7.
Ibidem .
*Haml .*

D. O. M.
BERNARDINO . GEORGIO
NOBILI . FANENSI
MILITI . ORDINIS . PORTVGALL.
HIERONYMO . RVSTICVCIO
S. R. E. CARDINALI
OB. INDEFESSAM . SVMMAE . FIDEI
PER . VIGINTISEPTEM . ANNOS . EXPERTAM
FAMILIARITATIS . ASSIDVITATEM
APPRIME . GRATO
OFFICIO . ERGA . OMNES
INCOMPARABILI
QVI . VIXIT . ANN. XXXXIIII.
MEN. IX. DIES . XVII.
OBIIT . XVI. NOVEMB.
M. D. LXXXXII.

ISABELLA . RAPARIA . CREMONEN.
CONIVGI . VNICE ; DILECTO
MOERENS . POSVIT.

## 8.

SS. Trinitatis Peregrinorum.

*Humi.*

D. O. M.
CAESARIO GIORIO CAMERTI
PROBO
AC HONESTO VIRO
QVI
FAMILIARI XLVI. ANNORVM VSV
FIDEI ET SOLERTIAE LAVDEM
AC BENEVOLENTIAM
MAPHAEI CARD. · BARBERINI
SIBI MERVIT
ET
NEPOTIBVS
AD AMPLISSIMAS DIGNITATES
AB
VRBANO VIII
CONSEQVENDAS VIAM APERVIT
VIXIT ANN. LXXVI
NATVS VI. ID. APR. MDXLVII
OBIIT
EADEM DIE ANN. MDCXXIII
NEPOTES
PATRVO DE FAM. GIORIA
OPTIME MERITO
POSS.

## 9.

S. Catharinae de Rota.

*In pariete.*

D. O. M.
NICOLAVS BONARELLVS
PATRICIVS ANCONITANVS HIC SITVS SVM

IN ODOARDI FARNESII CARD. AVLA
DIV AC FELICITER EGI NACTVS PRINCIPEM
CVI PLACERE DVM STVDVI OMNIBVS PLACVI
TV QVIS QVIS HÆC LEGIS
VT AVLA CÆLITVM RECIPIAR DVM POTES IVVA
TVI MEMOREM IVVABIS
OBII AN. DOM. MDCXXIII. ÆT. MEÆ LXIII.

10.

S. Laurentii in Damaſo.

*Hum*.

D. O. M.
BRADAMANTI TORNABONÆ
HONESTISSIMAE ET PYSSIMAE
FOEMINAE AC PLINIO BONIOANNI
FIRMANO SOLERTI VIRO OB
EGREGIAS ANIMI DOTES
GLORIOSAE MEMORIAE
ALEXANDRI CARD. MONTALTI
INTIMO FAMILIARI
LEANDER BONIOANNES HVIVS
BASILICAE CANONICVS
AD EXCITANDAM IN POSTERIS
CARISSIMOŖ SIBI PIGNOR.
MEMORIAM
MONVMENTVM HOC MATRI
SVAVISSIMAE FRATRI (ſc) OPTIMO
SIBI ET VNIVERSAE
BONIOANNIVM FAMILIAE POSVIT
KAL. XBRIS ANNO IVBILEI MDCXXV

I I.

S. Andreae de Fractis.

*Humi.*

D. O. M.

PETRO ANGELO IOANNINO CINGVLANO
MAGNAE IN CONSCRIBENDIS EPISTOLIS
ATQ. IN REBVS GERENDIS PRÆSTANTIÆ
ET DEXTERITATIS
IN GERMANIA PRIMVM ET POLONIA
APVD SEDIS APOSTOLICÆ NVNTIOS
INDEQVE
ANTONII MARIÆ S. R. E. CARDINALIS GALLI
A SECRETIS
QVO VITA FVNCTO
IO: BAPT. PAPHILIO NVNTIO NEAPOLIT.
EAMDEM OPERAM PRÆSTITIT
. . . . . . SECVTVS EST COMITANTEM
FRANCISCVM BARBERINVM S. R. E. CARDIN.
IN GALLIAM HISPANIAMQ. LEGATVM
AD REGES POTENTISSIMOS MISSVM
OBIIT ROMÆ VII. D. IANVARII
DIVTVRNO MORBO CONFLICTVS
QVEM IN ITALIAM REVERTENS
BARCINONI CONTRAXERAT
ÆTATIS ANNOR. XLVII
REDEMP. HVM. MIDCXXVIII
IVLIANVS ABBAS RVSCELLVS
AMICO INCOMPARABILI POS.

S. Leon

12.

S. Laurentii in Fonte.
*Sepulcrum cum imagine depicta.*

D. O. M.

IOANNES . OLIVERIVS . IVSTINVS . NOBILIS . ESINVS
PROTONOT. A̅P̅LICVS . ET . S. D. N. CVBICVLARIVS
QVI . PRIMVM . II. ET . XX. ANNOS . AB . EPVLIS
FRANCISCI . MARIÆ . A . MONTE . CARD. DEIN. AD. IDEM
MVNVS . IN . VATIC. HOSPITIO . ASCITVS . FERDINANDVM
MANTVÆ . DVCEM . HENRICVM . PRINCIPEM . CONDENSEM
SVB . GREGORIO . XV. VRBANO . VERO . VIII. P. M.
LADISLAVM . POLONIÆ . POSTEA . REGEM . LEOPOLDVM
ARCHIDVCEM . AVSTRIÆ . FERDINANDVM . MAGNVM
HETRVRIÆ . DVCEM . ROMAM . VENIENTES . EGREGIA
INDVSTRIÆ . ET . SEDVLITATIS . COMMENDATIONE
EXCEPIT . OPERA . ETIAM . SVA . MARIÆ . AVSTRIACÆ
VNGARIÆ . REGINÆ . PER . ECCLESIASTICAM
DITIONEM . TRANSEVNTI . PRÆCLARE . NAVATA
IDEM . VMVS . E . CENTVM . VIRIS . FVNDATORIB. VRBANÆ
AVLICORVM . CONGREGAT. IN . HOC . TEMPLO . IAM
QVINQVAGENARIVS . SIBI . VIVENS . SEPVLCHRVM
POSVIT . ORNAVIT . ANNO . DNI . M. D. C. XXXIII

13.

S. Nicolai in Carcere.
*Humi.*

D. O. M.
OCTAVIO POSTHVMO A MONTE BAROCIO
CIVI FANENSI
EM. ET REV. CAR. PII PR. FECTO (sic) DOMVS
HVIVS ECCLESIÆ CANONICO

VITÆ

VITÆ INTEGERRIMÆ
SVMMÆQ. IN PAVPERES PIETATIS
ET LIBERALITATIS VIRO
IOANNES BATISTA ET
IOANNES FRANCISCVS POSTHVMI
EX SORORE NEPOTES ET HEREDES
GRATI ANIMI PP.
OBIIT IX. KAL. IVLII M. DC. XXXVI
ÆTATIS ANNO LXXXIII

## 14.

## S. Silveſtri in Quirinali.

*Hæml* .

D. O. M.
BARTHOLOMÆO DIONYSIO
PHANENSI PROTHONOTARIO
QVI
PRINCIPVM CVRIS ADMOTVS
MIRABILEM DE SE OPINIONEM
EGREGIE PARTAM EGREGIE SVSTINVIT
IOSEPH DIONYSIVS EX ASSE HAERES
FRATRI BENEMERENTI
M. H. P.
OBIIT ANNO MDCLXVII DIE XV FEB
ETATIS SVÆ XXXXVIII MENSE VI DIE II

## 15.

## S. Spiritus in Saxia.

*Hæml* .

D. O. M.
AEMILIO PTOLOMAEO
DE GREGORIANIS DE SCŌ
ELPIDIO  FIRMANAE
DIOECESIS GENERE VIRTVTI

BVS

BVS ET ANNIS GRAVI
IOHANNES IACOBVS
GREGORIANVS AVVN
CVLO POSVIT . OBIIT
X. SEPTEMBRIS M. D.
XXVI. AETATIS SVAE .
ANNO LXVI.

*Ibidem.*

FAVSTINAE GREGORIANAE
ELPIDIENSI NOBILI VIRGINI
VIRTVTVM OMNIVM
EXEMPLO SPECTATISSIMAE
QVAE OBIIT X. KAL. APR.
MDLXXII.
IOHANNES FRATER
SORORI DILECTISSIMAE
POSVIT
VIXIT ANN. XXXV.

## 16.

## SS. Angelorum Cuſtodum .
### *Cum protome .*

D. O. M.

RRANCISCVS SOLARIVS DE CIVITATE NOVA IN PICENO

APVD

CHRISTINAE ALEXANDRAE SVECIAE REGINAE MAIESTATEM ALIOSQ
VRBIS MAGNATES

RATIOCINATOR

VT ANIMAE SVAE RATIOCINIVM OPTIME FIRMARET

ARCHICONF. S. ANGELI CVSTODIS HAEREDEM EX ASSE DECLARAVIT

CONFRATRES PIO BENEFACTORI

DIE XXXI. DECEMB. ANN. M.DC.LXXVI. AETATIS SVAE LXV. DEFVNCTO

HOC GRATI ANIMI MONVMENTVM POSS.      S.Me.

## . 17.

### S. Mariae de Aracoeli.

*In pariete.*

D O M

LVDOVICO PICCINO

PATRITIO ÆSINO

S. MARIÆ ABBATI COMMENDATARIO

EMINENTISSIMI PRINCIPIS PALVTII

CARDINALIS DE ALTERIIS S. R. E. CAMERARII

IN SACRO CONCLAVI QVINQVIES MINISTRO

ET PER ANNOS PLVS QVAM QVINQVE ET QVADRAGINTA

SVPPLICVM LIBELLORVM A SECRETIS

SVMMA PRVDENTIA CONSPICVO

RELIGIONE AC IN PAVPERES CHARITATE

QVI PRÆTER ALIA MVLTA PIE LEGATA

AC TRIA QVOTIDIANA SACRA PERPETVA

RELICTIS CENTVM LOCIS MONTIVM

VEN. SODALITIO SS. MARIÆ NOMINIS

PRO STATVENDA QVOTANNIS DOTE

HONESTIS DECEM ET EGENIS PVELLIS

OBIIT PRID. KAL. DEC. MDCXCVI. ÆT. SVÆ LXIV.

IACOBVS ANTONIVS PICCINVS

EIVS IN SACRA OLIM CONFIRMATIONE CLIENS

ET AB EODEM SVPREMIS TABVLIS EX MAGGIA IN PICCINAM

FAMILIAM ADOPTATVS ET HÆRES INSTITVTVS

GRATI ANIMI CAVSA MVLTIS CVM LACRYMIS POSVIT

SIBIQVE PRÆTEREA ET SVIS

## 18.

SS. Vincentii & Anastasii in Trivio.
*Humi.*

D O M

FR (sic)                                              VS (&c)
ANCISCVS CACCIAVILLANVS AVXIMAN
BANDINI PANCIATICI
S. R. E. TIT. S. PANCRATII PRESB CARD
ARCHITRICLINVS
OBIIT SEXTO ID. DECEMBRIS MDCIC
ÆTATIS SVÆ L.
HÆRES MÆRENS POSVIT

## 19.

S. Laurentii in Lucina.
*Humi.*

D. O M.
NICOLAO BALLEANO PATRICIO ÆSINO
GALEATII MARISCOTTI
TITVLI S. LAVRENTII IN LVCINA
S. R. E. CARDINALIS AMPLISSIMI
PER ANNOS XXXVIII. CVBICVLI PRAEFECTO
MORVM INTEGRITATE
MVNERISQ. BENE GESTI LAVDE PROBATISSIMO
ANN. MDCCXVII. ÆTATIS SVÆ LXXXVII
VITA FVNCTO
CAIETANVS BALLEANI
EX NOBILI GVGLIELMORVM FAMILIA
CONSANGVINEVS ET HÆRES
GRAT. AN. MON. POS.
ANN. D. MDCCXVIII

20.

## S. Luciae Gymnasiorum.

*Heui.*

D O M
QVISQVIS ES . . . . . .
ET MIRA . . . .
IOANNES . . . . . . .
CLANCIANENSIS . . . . . .
AVLICVS LXXX. . . .
APVD AMPLISS. . . . . . .
PROSPERVM . . . .
HIERONYMVM . . . . . .
ANTONIVM . . . . .
ET DOMINICVM . . . . .
SACRI ORDINIS . . . . . .
QVI TANDEM . . . .
VITAM CLAVSIT . . . . . .
DIE XII. OCTOBRIS . . . . . .
MOERORIS . . . .
ASCANIVS PAVOLOTIVS
EX NEPTE

Q 2　　　　　ME.

# MEDICI
## CLASSIS DUODECIMA.

---

**1.**

S. Stephani del Caccò.

*In pariete.*

D. O. M.
ANNIBAL . GRADARIVS . FANEN. MEDICVS
SIBI . POSTERISQ. SVIS . VIVENS
ANNO . SAL. M. D. LXXVIII

**2.**

Ibidem.

*In pariete.*

D. O. M.
ANNIBAL . GRADARIVS . FANENSIS . MEDICVS
HORTENSIÆ . MENICHELLE . ROMANÆ . MARITVS
SACELLVM . HOC . D. STEPHANO . DICATVM
DE . COMMVNI . PECVNIA . EXTRVXIT . AC . DOTAVIT
HIS . CONDITIONIBVS . VT . HVIVS . TEMPLI
SACERDOTES . IN . HOC . SACELLO . SINGVLIS
DIEBVS . VNAM . MISSAM . CELEBRENT . SINGVLIS
AVTEM . ANNIS . DIE . XV. IANVARII . EIVS . VXORIS
ANNIVERSARIO . TRES . PRIVATAS . ATQ. VNAM
SOLENNEM . IDEM . ETIAM . FACIANT . SINGVLIS
ANNIS . IN . DIE . OBITVS . IPSIVS . ANNIBALIS

QVOD

QVOD . SI . OMISERINT . TVM . DOS . SACELLO
ATTRIBVTA . AD . ECCLESIAM . D. MARIAE
SVPRA . MINERVAM . CVM . IISDEM . ONERIBVS
DEVOLVATVR . HARVM . AVTEM . OMNIVM . ACTA
EXTANT . APVD . POMP. ANTONIVM . NOT. A. C.
SVB . DIE . III. IVLII . M. D. LXXXI

### 3.
### SS. XII. Apoſtolorûm.
*Humi* .

D. O. M.
FERDINANDO EVSTACHIO
NOBILI MACER. CIVIQ. ROMANO
INGENIO AC DOCTRINA INSIGNI
PHILOSOPHO ACVTISS.
NEC NON MEDICINÆ FACVLTATE
EXCELLENTISS.
VIXIT AN. LII. MEN. III. DIES XI.
OBIIT DIE XVIII. MAII MDVIC.

### 4.
### S. Mariae de Scala.
*Humi* .

D. O. M.
MARCO ANTONIO LVCIANO
PICOENO VIRO INTEGRITATE
AC PIETATE CONSPICVO
PHILOSOPHIAE PERITISSIMO
ET IN ALMAE VRBIS GIIN (ſic)
NASIO MEDICINAE PRIMA
RIO PROFESSORI
CLERIA LVCIANA FILIA

DI-

DILECTO GENITORI MOE
STISSIME POSVIT
OBIIT PRID. KAL. IVNII
MDCXXXVI
AETAT. LXIII

#### I.

### S. Auguſtini.

*Sepulcrum cum protome.*

D. O. M.

IO. IACOBVS BALDINVS EX APIRO IN PICENO PHILOSOPHIE AC
MEDICINE

LAVREA DOCTORATVS A BENEDICTO CARD. IVSTINIANO RO-
MAM ACCITVS SCIP

IONI QVOQ. CARD. BVRGHESIO INSERVIENS ILLVSTRIS NOMI-
NIS EXISTIMATI

ONE ITA INCLARVIT VT EIVS OPERA OMNES FERE PVRPV-
RATI PATRES AC PRINCIPES

VTERENTVR QVINIMO REPARANDA VRBANI VIII. AC INNO-
CENTII X. SALVS EIVS CV

RAE SAEPE CREDITA FVIT AB ALEXANDRO VII PARITER AC-
CERSITVS OB VALETVDI

NEM AC SENECTVTEM IMPOTENS MERITO; MVNERE SE ABDI-
CAVIT TOT VE

RO POST HONORIFICOS LABORES VITE METAM ATTINGENS
PATRIAM QVA

M OPERVM SPLENDORE CLARAM REDDIDERAT OPVM LARGI-
TIONE LOCVPLE

TAVIT NAM IN APIRO VBI ECCLESIAM SVB INVOCATIONE
S. VRBANI A FVNDA

MENTIS

MENTIS EREXERAT COLLEGIATAM DVODECIM CANONICORVM CVM OCTO BENE

FICIATIS INSTITVIT VIRGINIBVS NVBILIBVS CERTAM PECVNIAM IN DOTEM PRE

SCRIPSIT ET EX OMNI ASSE HAEREDES DVODECIM CANONI-COS VLTIMIS TABVLIS

DECLARAVIT MVLTIS DEINDE LOCIS PIETATI ADDICTIS LE-GATO INCENTI AERE CO

NSVLVIT QVI ENIM AMANTISSIMVS PAVPERVM PATER FVERAT PAVPERVM

INOPIAE ETIAM POST FATA PRAESTO ESSE VOLVIT SIC PLVS ALIIS QVAM SIBI VI

VENS ANNO REDEMPTE (sic) MDCLVL ETATIS SVE LXXII PIE-DEVIXIT TOT,

IGITVR OB PROMERITA CANONICI S. VRBANI IN APIRO GRA-TISSIMORVM

ANIMORVM INSTINCTV TANTI BENEFACTORIS MEMORIAM CO-LERE VOLENTES

ILLVM HOC IN ECCLESIA IN QVA CONDI VOLVIT LVCI RE-STITVVNT ET AETERNI

TATI COMMENDANT ANNO IVBILEI MDCLXXV. THOMAS PR RANZONVS CANONI

CVS ET EXECVTOR TESTAMENTARIVS MONVMETV HOC AERE HEREDITATIS PONEDV CVRAVIT

## 6.
### S. Nicolai de Tolentino.
*Hani.*

D. O. M.
COSMVS BERNARDINELLVS DE AESIO CHIRVRGVS
VRSVLAE MARRACCIAE LECTISSIMAE CONIVGI DEFVNCTÆ
AC SIBI SVISQVE POSTERIS HOC M. P.
PIE LECTOR DISCE
A FVGA TEMPORIS LICET DEVINCTI
ABIRE ME SIMVL TECVM ET OBIRE
QVIQVE VIVENS LACRYMAS A NEMINE CVPIO
MORTVVS AB OMNIBVS PIACVLA EXPECTO
A. MDCLXXXI.

PICTO-

# PICTORES

## CLASSIS DECIMATERTIA.

---

**1.**

### S. Martinae.

*In pariete, cum imagine depicta.*

D. O. M.

EXIMIÆ MINIATRICIS

FAMA

IOANNE GARZONIAE

DE ASCVLO IN PICENO

POST TERRARVM SPACIA

GLORIOSE EMENSA

HIC

ALIAS COMPLICAVIT

ACADEMIA S. LVCÆ

PICT. SCVL. ET ARCH. VRBIS

EX TEST. HÆRES

MONVMENTVM HOC

INSIGNIS MEMORIÆ

BENEFACTRICI P.

OBIIT M. DC. LXX

**2.**

### S. Mariae ad Martyres.

*Sepulcrum cum protome.*

RAPHAELI SANCTIO IOAN. F. VRBINAT.
PICTORI EMINENTISS. VETERVMQ. AEMVLO
CVIVS SPIRANTEIS PROPE IMAGINEIS SI

*Inscript. Pic.*       R       CON -

CONTEMPLERE NATVRAE ATQ. ARTIS FOEDVS
FACILE INSPEXERIS
IVLII $\overline{II}$. ET LEONIS X. PONTT. MAXX. PICTVRAS
ET ARCHITECT. OPERIBVS GLORIAM AVXIT
VIX. A. $\overline{XXXVII}$. INTEGER INTEGROS
QVO DIE NATVS EST EO ESSE DESIIT
VIII. ID. APRIL. $\overline{M}$. $\overline{D}$. XX.
ILLE HIC EST RAPHAEL TIMVIT QVO SOSPITE VINCI
RERVM MAGNA PARENS ET MORIENTE MORI

*In sepulcri basi.*

VT VIDEANT POSTERI ORIS DECVS AC VENVSTATEM
CVIVS GRATIAS MENTEMQ. CÆLESTEM IN PICTVRIS
ADMIRANTVR
RAPHAELIS SANCTII VRBINATIS PICTORVM PRINCIPIS
IN TVMVLO SPIRANTEM EX MARMORE VVLTVM
CAROLVS MARATTVS TAM EXIMII VIRI MEMORIAM VENERATVS
AD PERPETVVM VIRTVTIS EXEMPLAR ET INCITAMENTVM
P. AN. MDCLXXIV

3.

Ibidem.

D. O. M.
ANNIBAL CARACCIVS BONONIENSIS
HIC EST
RAPHAELI SANCTIO VRBINATI
VT ARTE INGENIO FAMA SIC TVMVLO PROXIMVS
PAR VTRIQVE FVNVS ET GLORIA
DISPAR FORTVNA
ÆQVAM VIRTVTI RAPHAEL TVLIT
ANNIBAL INIQVAM
DECESSIT DIE XV. IVLII AN. MDCIX. ÆT. XXXXIX.
CAROLVS MARATTVS SVMMI PICTORIS
NOMEN ET STVDIA COLENS P. AN. MDCLXXIIII
ARTE MEA VIVIT NATVRA ET VIVIT IN ARTE
MENS DECVS ET NOMEN CÆTERA MORTIS ERANT

S. Ma-

4.

## S. Mariae Angelorum.

*Sepulcrum cum protome.*

D. O. M.
CAROLVS MARATTI PICTOR
NON PROCVL A S. LAVRETANA DOMO
CAMERANI NATVS
ROMÆ INSTITVTVS ET IN CAPITOLINIS ÆDIB.
APOSTOLICO ADSTANTE SENATV
CLEMENTIS XI. P. M.
BONARVM ARTIVM RESTITVTORIS
MVNIFICENTIA
CREATVS EQVES
VT SVAM IN VIRGINEM PIETATEM
AB IPSO NATALI SOLO CVM VITA HAVSTAM
AC INNVMERIS EXPRESSAM TABVLIS
QVÆ GLORIOSVM EI COGNOMENTVM
COMPARARVNT
MORTALIS QVOQ. SARCINÆ DEPOSITO
CONFIRMARET
IN HOC TEMPLO EID. ANGELOR. REGINÆ SACRO
MONVMENTVM SIBI VIVENS POSVIT
ANNO D. NDCCIV
SOLVM
MIHI SVPEREST
SEPVLCHRVM

# IN PIA LOCA LARGITORES

## CLASSIS DECIMAQUARTA.

---

**I.**

S. Petri in Monte Aureo.

*Huml.*

PATRONVS

HVIVS INSIGNIS SACELLI

IOANNES. IACOBVS VRSINVS

PICENAS EX MONTE FALCONE

QVI CVM PROPE ALT$^{VM}$ FAMILIÆ SACELLVM SS$^{MI}$ CRVCIFIXI

IN PATRIO TEMPLO CELEBRIS COENOBII REF.$^{VM}$ S. FRANCISCI

LOCI DE . SAXO NVNCVPATI HÆREDITARIVM HABEAT SE-
PVLCHRVM

ITA HIC ROMÆ

SVB EIVSDEM SERAPHICI TVTAMINE

PAR MONVMENTVM SIBI ET FAMILIÆ

NEC NON HÆREDIBVS ET SVCCESSORIBVS QVIBVSCVNQ

VSQ. AD DIEM NOVISSIMAM VNA CVM ANGELO PATRVO

VIVENS POSVIT

ANNO MDCCV

S. Ma~

### 2.

## S. Mariae de Planctu.

*In pariete.*

D O M

IN SINGVLOS MENSES DVO SACRA PERPETVO
FACIENDA PRO EXPIATIONE ANIMARVM
BRANCISCI    SANTOLINI    FANENSIS    ET
MAGDALENÆ    CONIVGVM    ARCHICONFRA
TERNITAS DOCTRINÆ CHRISTIANÆ LEGATA
SIBI A PIO CONFRATRE PECVNIA DECRETO
SANXIT    DIE    XXI    IVNII    MDCXXII

### 3.

## S. Honuphrii.

*Humi.*

D. O. M.
PATRIGNANO BELOCHIO
FANENSI
FRATRES HVIVS ECCLESIAE
EX LEGATO PP.
OBIIT ANNO DOM. MDCXXIII. DIE XIX. APRIL.

### 4.

## S. Laurentii in Miranda.

*Humi.*

D. O. M.
EX IACOBI PORPHYRII
AROMATARII MORROVALLEN
QVI HIC IACET
TESTAMENTO

COL-

COLLEGIO AROMATARIORVM  
S. LAVREN. IN MIRAN. SCVTA MILLE  
AD QVOTIDIANVM VNIVS MISSÆ  
SACRIFICIVM PRO EIVS ANIMA  
PERAGENDVM  
ET ALIA SCVTA QVINGENTA  
AD EXORNANDVM SACELLVM HOC  
SS. PHILIPPI ET IACOBI  
RELICTA SVNT  
OBIIT KAL. AVG. ÆTATIS SVÆ LV.  
ANNO IVBILEI MDCXXV.  
EXECVTORES TESTAM. P. C.  
PER ACTA HIERONYMI DE BELLIS NEOPHYF. (&c) NOT.

5.

S. Mariae de Horto.

*Humi.*

D. O. M.  
LVCIANO BRANCALEONI  
DE CAMERINO ET ANTONIÆ  
EIVS VXORI GRATA SOC.  
POS. AN. SAL. MDCXXXIV.

6.

S. Petri in Monte Aureo.

*Humi.*

D. O. M.  
LEONARDO MATTHEVCCI  
NOB. FIRMANO  
VIRO MODESTISSIMO  
VITÆ INTEGRITATE ET PRVDENTIA  
OMNIBVS CHARO

QVI

# CLASSIS XIV.

QVI VIXIT

ANNOS XLIII. MENSES VIII. DIES XXV.

OBIIT XV. IVLII MDCXLV

MAXIMA POSTERIS

RELINQVENS PIETATIS EXEMPLA

LAVRA BALESTRA

, FIRMANA

VXOR MESTISSIMA

MARITO DVLCISSIMO

NON SINE LACRIMIS

POSVIT

ANNO MDCL.


## 7.

### SS. Nominis Mariae.

*In interiori cubiculo , cum prosome .*


D. O. M.

ROCCO CLEMENTI DE BENEDICTIS E SARNANO IN PICENO

QVI NOBILEM SORTIT. INDOLEM ADOLESCENTIA STVDIIS LITTE-
RARVM IVVENTVTE CAMPSORI NEGOC.

EXERCVIT ET PARTIS EXINDE OPIBVS PIETATE SEMPER EGRE-
GIAE (sic)
COLVIT

PRAESERTIM IN HAC ECCLESIA QVAM VIVENS ORNAVIT CV-
MVLAVIT SACRA SVPELLECTILE

SEDVLO REGIMINE AVXIT ET MORIENS BINIS PERPETVIS CAP-
PELLANIIS DOTAVIT SIBIQ. IN SEPVLTVRA

ELEGIT

SCILI-

SCILICET IACENTIS CINERES MEMORIA IGNITÆ CHARITATIS
VBI MIRIFICE EXARSERAT CVSTODIRENT

ET OBDORMIRENT VBI SPIRITVS VIGILAVERAT

NICOLAVS ET CAROLVS GERMANI FRATRES ET HÆREDES HVNC
SEPVLCRALEM LAPIDEM

POSVERE

VIXIT ANNOS LII. MENSES IV. DIES XX. OBIIT DIE XXVI.
DECEMBRIS ANNO MDCLV.

LVGENTIOVS MAGNATIBVS VIRIS EXTINCTVM HOMINEM LAV-
DABILEM GRATVM

ALIIS GENEROSORVM AMICVM

PAVPERIBVS PATREM

### 8.
### S. Mariae de Planctu.
· In pariete.

FILIPPO CARDARELLI
DA RIPA TRANSONA DONO°
A QVESTA CHIESA DEL PIANTO
SCVDI QVATTRO CENTO
CON OBLIGO DI MESSE CINQVE
IL MESE IN PERPETVO
CAIOLI NOT· CAP· MDCLXXXXV

### 9.
### S. Mariae in Aquito.
Humi.

MICHAEL FRANCISCVS MARTYRE
AVXIMANVS
VIR EXIMIÆ PROBITATIS

VT RELIGIOSVS
HVIVS ECCLESIÆ RITVS
ANGELORVM PANEM
CVLTVI VIATORVM
QVIBVS FACTVS EST CIBVS
IN FERIA QVINTA
CVIVSQ. HEBDOMADÆ EXPONENDI
FIRMIVS SERVETVR
ANNVOS FRVCTVS
OCTO LOCORVM MONTIVM
IN HANC CAVSAM EXPENDI
QVAMDIV PIA ILLA CONSVETVDO
SERVABITVR
HEREDIBVS FIDVCIARIIS
MANDAVIT
OB. DIE XVIII IANVARII
ANNO MDCCIV

10.

## S. Salvatoris in Lauro.

*Humi* .

D. O. M.

CAMILLO BARTOLO
E CIVITATE NOVA IN PICENO
VIRO PROBO AC INDVSTRIO
ET SINGVLARIS
ERGA B. VIRGINEM LAVRETANAM
RELIGIONIS
OB RELICTAM HÆREDITATIS SVÆ PARTEM
IPSIS REDDITIBVS AVGENDAM
TEMPLI HVIVS FRONTI CONSTRVENDÆ

AC SACELLO SS. CRVCIFIXI EXORNANDO
NATIO PICENA
BENEMER. POS.
OBIIT ANNO S. MDCCVI ÆTAT. SVÆ LXVII


## II.

### S. Francisci Stigmatum.

*Humi .*


D. O. M.
AD PEDES SS. CRVCIFIXI
IACENT OSSA
CHRISTOPHORI MAGNI
HVIVS SACELLI FVNDATORIS
OBIIT DIE XXIX MARTII
ANNO D̄N̄I MDCCVI
ÆTATIS SVÆ LXXXIII


## II.

### S. Hieronymi de Charitate .

*In pariete .*


CHRISTO IESV
MORTVORVM PRIMOGENITO
SACRAM CRVCIFIXI IMAGINEM
IN HOC SACELLO POSITAM
ET DIVVM PHILIPPVM NERIVM
CONGR. ORATORII INSTITVTOREM
ALLOQVVTAM
VIRGINIA DE ALBINIS EIVSQ. FILII
IO. ANTONIVS IOSEPH ET M. MAGDALENA
DE SPETIOLIS FIRMANI

PIE VENERANTES
EXPLETO IN ILLIVS CVLTVM ALTARIS ORNATV
ET LAMPADIBVS DOTATIS
ANNIVERSARIVM QVOTANNIS
PRO ANIMABVS SVIS HIC PERPETVO
CELEBRANDVM
A CONGREGATIONE CHARITATIS
GRATA ERGA BENEMERENTES
OBTINVERE
ANNO SAL. MDCCXVII. DIE XIIII. SEPTEMBRIS

I 3.
## SS. Venantii & Anfovini.
*Humi* .

D O M
IO. ANT.⁰ ANTONVCCIO CAMERTI
SINGVLARI PIETATE IN DEVM
ATQVE IN D. VENANTIVM
INQVE SVOS CIVES AMORE
VITEQVE AD ANNVM 64. (fic) QVAM RECTISSIME ACTE
LAVDE COMENDATO
QVOD HANC SACRAM EDEM
PIA LARGITATE ORNAVERIT
QVODQVE ALIOS SVO EXEMPLO
AD HEC IPSA PRESTANDA EXCITAVERIT
VT LIBERALIS EIVS BENEFICENTIE
PERENNIS MEMORIA EXTET
CAMERTES HVIVS TEMPLI CVRATORES
CIVI SVO M. P.
B. M.
MON.
P.     P.
OBYT ANNO MDCCXXIII

14.

S. Francisci Stigmatum.

*In pariete.*

D. O. M.
SACELLVM QVOD OLIM
CHRISTOPHORI MAGNI PIETAS
CHRISTO DOMINO CRVCIFIXO DICATVM EREXIT
DVOBVS INSTITVTIS SACERDOTIBVS
AB SVIS HÆREDIBVS DESIGNANDIS
QVI IN EO QVOTIDIE SACRA FACERENT
IO. ALOYSIVS A TVRRE MAGNI PATRITIVS MACERATENSIS
E CLARISSIMA TVRRIANA GENTE
IN PLVRES IAM FAMILIAS DEDVCTA
QVARVM ALTERA
SVB FINEM DECIMI QVARTI SÆCVLI
AQVILEIA IN PICENVM AGRVM SE CONTVLIT
CHRISTOPHORI PROAVVNCVLI HÆRES
POST NOVAM HVIVS TEMPLI INSTAVRATIONEM
LATIVS AMPLIANDVM
ET DECENTIVS EXORNANDVM CVRAVIT
ANNO IVBILEI MDCCXXV.

15.

S. Marcelli.

*In pariete.*

D. O. M.
PROSPER PARISANVS
CACGIANI MARCHIO CONTVRSII ET PALI BARO
GENTILITIVM HOC SACELLVM
AB ASCANIO S. R. E. CARD.
CONSTRVCTVM
TEMPORIS INIVRIA SQVALLENS
ÆRE PROPRIO INSTAVRATVM

ORNA-

ORNAMENTIS ADDITIS
IN ELEGANTIOREM FORMAM
RESTITVIT
ANN. SAL. MDCCXXVII

**16.**

## S. Mariae in Cacaberis.
*In pariete .*

D. O. M.

AVGVSTINVS DE MARIANIS
ANCONITANVS
CONFRATERNITATIS S. MARIÆ ANGELORVM ET
S. LVCIÆ V. ET M. AVRIGARV VRBIS
CONFRATER STVDIOSISSIMVS
VT OCCASIONEM DARET FIDELIBVS ORANDI
PRO SE ET OMNIBVS IN XPO DEFVNCTIS
HVIC ECCLÆ DICTÆ SVÆ CONFRATERNIT.
RELIQVIT LOCA SEX MONTIVM DEDVCENDA
EX VENDITIONE CVIVSDAM SVÆ VINEÆ
CVM ONERE EXPONENDI PVBLICE DE SERO
PER SPATIVM VNIVS HORÆ V. SACRAMENTVM
IN SINGVLIS QVIBVSQ. QVARTIS FERIIS ANNI
IN PERPETVVM
VT LATIVS VIDERE EST IN SVO TESTAMENTO
ROGATO PER ACTA AGAPITI FICEDOLA NOT. CAP.
DIE XXXI. IVLII MDCCXIV
VT TANTÆ PIETATIS ET DEVOTIONIS
PERENNIS EXTARET MEMORIA
CONFRATRES HVNC LAPIDEM IN TESTEM ET
VINDICEM EREXERVNT
A. D. MDCCXXIX.

S. S.⁴⁻

17.

## S. Salvatoris in Lauro.

*In pariete*.

TEMPLVM HOC IN HONOREM DEIPARAE VIRGINIS LAVRETANAE
IAMDIV SACRVM NVPER IN AMPLIOREM
ET ELEGANTIOREM FORMAM REDACTVM
PER INCLYTAM GENTIS PICENAE ARCHICONFRATERNITATEM
IOANNES BAPTISTA TIT. S. MATTHAEI
S. R. E. P. CARDINALIS DE ALTERIIS
DIE VII OCTOBRIS AN. MDCCXXXI
RELIQVIIS SS. MARTYRVM CLEMENTIS
THEOPHILI ET EVTROPII
IN ARA PRINCIPE REPOSITIS
SOLEMNI ECCLESIAE RITV
DEDICAVIT
ET IDEM XII DECEMBRIS AD RECOLENDAM DEDICATIONIS
ANNIVERSARIAM FESTIVITATEM
CONSTITVIT

18.

## S. Josephi.

*Humi*.

D. O. M
HIC DIEM RESVRRECTIONIS MANET
IOSEPH ORSOLINI ROMANVS
VIR PROBVS ET LIBERALIS IN PAVPERES
QVI MOTVS DEVOTIONE ERGA S. IOSEPHVM
ET DE EIVS ARCHITE VALDE BENEMERITVS
HVIC ECCLESIAE DONO DEDIT
LOCA V. MONT· S. PETRI CVM ONERE EX FRVCTIBVS
CELEBRANDI MISSAM SOLEMNEM DE REQ.

IN.

IN. ANNIV. SVI OBITVS ALIASQ. PRIVATAS MISSAS
INFRA SINGVL. ANNOS CVM ELEEM. DVOR. DENARIOR.
PRO QVALIBET ET SINGVLA AD SVAM MENTEM
EX TESTAM. IN ACT. DE COMITIBVS N. C.
ANN. MDCCXXXIX.
VITA FVNCIVS XIII. CAL. MART. MDCCLI.
ÆTATIS SVAE ANNO OCTOGESIMO SECVNDO
IOANNES ORSOLINI PICENVS
EX FRATRE NEPOS ET HÆRES
DE BENEFICIIS ACCEPTIS MEMOR
EIDEM SVO BENEVOLO PATRVO MŒRENS POSVIT
ANNO SALVTIS MDCCLI.

### 19.

### SS. Venantii & Anfovini.

*In pariete.*

### D. O. M.

MEMORIAE
BARNABEI BENIGNI
PETRI PAVLI BRVNI
AC PROSPERI CIMARRÆ
CIVIVM CAMERTIVM
QVOD
IVNCTIS INSIMVL ANIMIS
ÆDE HAC
PROPRIO ÆRE COMPARATA
CONSTABILIENDÆ
MVNICIPVM SVORVM
IN VRBE SOCIETATIS
PRÆCIPVI AVTHORES EXTITERVNT
NASCENTEMQVE ET INDIGAM
PARI QVISQVE CENSV
EX SINGVLIS EORVM HEREDITATIBVS
VSQVE IN TEMPVS
ALTERIVS AFFVTVRÆ PROVIDENTIÆ
ABLACTARINT ET IVVERINT

SOCIETAS IPSA
PRIMARIIS SODALIBVS SVIS
DE SE DE PATRIA AC DE DIVINO CVLTV
EGREGIE MERITIS
GRATI ANIMI ERGO
P. P.

20.

S. Salvatoris in Lauro.
*In pariete.*

D. O. M.
CHRISTIANE LIBERALITATIS EXEMPLVM
IN
MARCH. HIERONYMA PALLAVICINA MONTORIA
EXPRESSVM
NE POSTERITATI DEESSET
NATIO PICENA HÆRES
HOC GRATI ANIMI MONVMENTVM
CVRAVIT

.

21.

Ibidem.
*In sacrarii pariete.*

D. ANNIBAL POLLASTRVS
EX TEST. RELIQVIT TRIA
LOCA MONT. SVB. TRIE.
HVIC ECCLESIÆ VT
CELEBRETVR MISSA
SINGVLIS VI. FERIIS
PRO ANIMA D. ANNIBALIS
MARZZANTI
EX QVOR. PRŒTIO FVIT
EMPTA DOMVS A D. D.
DE CAMERINO IN
MONTE IORDANO      AFFE-

.

# AFFECTVS PARENTVM ERGA FILIOS

### CLASSIS DECIMAQVINTA.

─────────────────────────────

**1.**

S. Laurentii in Damaſo.

*Humi.*

D. O. M.
IOSEPHO BERARDO
MACERATENSI
LAVDOMIA DE GVIDONIBVS
MATER MÆSTISSIMA NVNQ
A LACHRIMIS CESSANS
P.
INCONSOLABILIS
ANN. SAL. M. DLXXIII.
DIE VII. SEPTEMB

**2.**

S. Mariae in Via.

*Humi.*

D. O. M.
FRANCISCVS CÆFANAS CAMERS
ET OLIMPIA MONTELLI CONIVGES
SEBASTIANO F. INFANTI FESTIVISSIMO
PARENTES MESTISSIMI POSVERE
SIBIQ. ET POSTERIS ANNO M. DC. XI

### 3.

Ibidem .

*Hami .*

D. O. M.
IO. BAPTÆ . PHILIPPO . GHIRARDELLIO
ROMÆ . ORTO . CASTRO . FIDARDI . IN . PICENO . ORIVNDO
PHILOSOPHIÆ . IVRISPRVDENTIÆ. THEOLOGIÆ . PERITISS.
AMŒNIORIBVS . LITERIS . INSIGNITER . EXCVLTO
PIETATE . INGENII . MENTIS . ACVMINE . MEMORIÆ . FIRMITATE
PAVCIS . SECVNDO
MORVM . SVAVITATE . IVCVNDISS.
IN . MEDIO . PRO . MERITÆ . GLORIÆ . STADIO
FESTINE . NIMIS . ABREPTO
VINCENTIA . MANINIA . MATER . INCONSOLABILIS
FILIO . OBSEQVENTISS.
STEPHANVS . ET . IOSEPH . GHIRARDELLII
FRATRI . OPT. MÆSTISS. POSS.
VIXIT . ANN. XXX. MEN. II. D. VIII.
CORPORE . INTEGER. ANIMOQVE . DECESSIT
VII. KAL. NOVEMBRIS . M. D. C. L. III.
CONSVMATVS . IN . BREVI . EXPLEVIT . TEMPORA . MVLTA

### 4.

S. Stephani del Cacco .

*Hami .*

D. O. M.
PETRO . LEONI
GENTILINIO., CIV. RO.
SVAVISSIMAE . INDOLIS . PVERO.
PATRIS . LVCI, . MATRIS . OCELLO.
VIXIT. . AN. XII, MEN.
SEX . DIES . XV.
OBIIT . AN. DOM. MDXCVI.
MENSE. IVLIO . DIE. XVII.

10.

IO.' MARIA . GENTILINIVS
FABRIANENSIS
CAMILLA . DE . PERLEONIBVS
ROMANA
NATO . VNICO . PERPETVIS
CVM . LACRVMIS . POS.

§.

S. Francisci Stygmatum .

*In pariete* .

D. O. M.
DOMINICO  A  TVRRE  MAGNO
PATRITIO  MACERATENSI
QVI DVM INTER SEMINARII ROMANI CONVICTORES
IN  MAGNAM  SPEM  ADOLESCERET
PIE  DECESSIT
IX. KAL. APRILIS MDCCXXXIII AETATIS SVAE XVIII
IOANNES  ALOYSIVS  A  TVRRE  MAGNO
ET  CATHERINA  RICCIA
PARENTES
SVAVISSIMO  FILIO
DE  QVO  NIHIL  VNQVAM  DOLVERE
NISI  QVOD  CELERI  FATO  INTERCEPTVS  EST
MAESTISSIME  POSVERVNT

T .                    AFFE-

# AFFECTVS FILIORVM ERGA PARENTES
## CLASSIS DECIMASESTA.

I.

S. Mariae de Horto.

*Humi.*

I. S. R.
IO. BAPTISTA MORETTVS
CARPENTARIVS
IN AET. SVÆ LXV. ANNO OBIIT
DIE X. DECEMB. AN. MDCXXIII.
DVM VIXIT HVNC LOCVM ELEXIT (&c)
IN QVO RINALDVS EIVS PATER
ETIAM CARPENTARIVS IACET
QVI POST LXXXV. ANNOS
EX HAC VITA MIGRAVIT
QVINTA MENSIS OCTOBRIS
ANNO CHRISTI MDCIII.
FRANCISCVS MORETTVS
ARTIS CARPENTARIOR. CAMER.
ET ANDREAS EIVS FRATER
IOAN. BAPT. FILII
VIVENTES
EX TESTAMENTO HAEREDES
PRO EIS AC POSTERIS
HOC MONVMENTVM PP.

SS. SI.

2.

SS. Simonis, & Judae in Monte Jordano.
*Humi.*

D O M
ANGELO TEMPESTINO
FIRMANO
SPECTATAE RELIGIONIS
VIRO
ET OB MORVM SVAVITATĒ
OMNIBVS CARO
OCTVAGENARIO DEFVNCTO
DIE XI. MAII
AN. MDCVII

TIBVRTIVS IO. BAPTA
ET M. ANT.
PATRI DVLCISSIMO
BENEMERENTI
AC SIBI POSTERISQ_
SVIS POSS

3.

S. Laurentii in Damaſo.
*Humi.*

D O M
OVIDIO BENO SANCTO
SEVERINATIO QVI ANNO
SEXAGESIMO SECVNDO
CLIMATERICVM INGRES
SVS DIE V. MAII MDCVIII
OCCVBVIT
PRIAMVS FRATER
ET ANTONIVS OVIDII
FILIVS NON SINE LACRIMIS
POSVERE

4.

SS. Simonis, & Judae in Monte Jordano .
*Humi .*

D  O  M
TIBVRTIO TEMPESTINO FIRMANO
ANTIQVAE PROBITATIS VIRO
DIE XVI. AVGVSTI MDCXXIV
EXTINCTO
MARCVS ANT. FRI. ANT. FRAN. ET
ANG. LAVR. PARENTI OPT.
P. C
VIXIT ANN. LXVII

5.

SS. XII. Apostolorum .
*Humi..*

D. O. M.
IMPERIALI ABVNDIAE MATRONAE FANENSI
ET ANNAE CICERONI ROMANAE
IO. BAPTISTA PETRI PAVLI CICERONI FIL.
HOC INSEPVLTI DOLORIS MONVMENTVM
PARENTI AC SORORI DILECTISS. POSVIT
VIVENSQ. SIBI ET HERED. FIERI CVRAVIT
ANNO SALVTIS M. DC. LIV.

6.

S. Mariae Lauretanae .
*Humi .*

D. O. N.
DOROTHEE MEDICES
VXORI MARCI ANTONII BOVII
CAMERINENSI .

SVMME HONESTATIS FEMINÆ
CÆSAR CORNELIVS ET
SEPTIMIVS FILII
MATERNI AMORIS
MONVMENTVM
SIBI SVISQ. POSTERIS
SEPVLCRALEM HANC DOMVM
STATVERE
ANNO DNI MDCLIV
NONIS MAII

## 7.

SS. Trinitatis Peregrinorum .
*Humi* .

D. O. M.
LEONARDO SEVERO PICENO
CIVI ROMANO
VIRO INTEGERRIMO QVI OB VIRTVTEM
VNIVERSÆ AVLÆ ROMANÆ GRATISSIMVS
POST QVADRAGINTA QVINQVE ANNOS
MONTI PIETATIS IMPENSOS
VT TOTVS PVBLICÆ VTILITATI
INSERVIRET NVLLAM PRIVATÆ REI
RATIONEM HABVIT
OBIIT ANNO AETATIS LXVI
ET MARTÆ DE SANCTO PETRO
MATRI AMATISSIMÆ
QVÆ CONIVGIS VIRTVTEM AEQVAVIT
AETATEM SVPERAVIT
DEIVNCTA ANNO LXXV

MICHAEL ANGELVS IOSEPH
ET IO. BAPTISTA FILII
MESTISSIMI POSVERE
ANNO DOM. MDCLXVII

**8.**

S. Mariae de Oratione, vulgò della Morte.
*In pariete.*

D. O. M.
BERNARDINO BATTISTI MVSELLARENSI
HVIC ARCHICONFRATERNIT
FRATRI ACCEPTISSIMO
MORVM INTEGRITATE IN PAVPERES MVNIFICENTIA
IN OMNES BENEVOLENTIA AC LIBERALITATE
CONSPICVO
QVI PIE AB HVMANIS EXCESSIT
VIII. KAL. FEBRVAR MDCCXXXVI AETATIS SVÆ LXVI
PETRVS ET THOMAS FILII
POSTERIS LAPIDEM HVNC
NE PERIRET PARENTIS OPTIMI MEMORIA
CVM LACRYMIS DEDERVNT

# AFFECTVS CONIVGVM
## CLASSIS DECIMASEPTIMA.

1.

S. Laurentii in Damaſo.
*Humi.*

D . O . M .

ANTONIO BLADO ASCVLANO TYPOGRAPHIÆ
ROMANÆ INSTAVRATORI ET PER ANNOS XL.
TYPOGRAPHO PONTIFICIO VIRO INTEGRITATE
ET IN OMNIBVS SVMME OFFICIOSO . VIXIT
ANN. LXXVII. PAVLA CONIVX ET FILII P. C.

2.

Ibidem.
*Flumi.*

D O M

EMIGDIVS CAVCCIVS
PATRITIVS ASCVLANVS
EX DOMINIS
TAVERNELLARVM PASSVS
INTEGRITATE MORVM
ET EXIMIA ERGA PAVPE. PIETATE
ADMIRANDVS
NATVS ANNO DOMINI
MDXLI
VIXIT ANNOS LIX
FVLVIA EIVS VIDVA RELICTA
DE TVRRIANORVM FAMILIA
ET FILI DOLENTES
POSVERE

### 3.

S. Luciae de Gonfalone.

*Humi.*

D. O. M.
FRANC[O] FIRMANIO NOBILI
FAN. SVMMA VITE
INNOCENTIA EXIMIA FIDE
ET SINGVLARI HVMANITATE
FRANC.[A] EVFREDVTIA VXOR
VIRO AMANTISS.[O] ET FILIÆ
MESTISS. PATRI OPT. POS.
VIXIT ANN. L. OBIIT IIII
KAL. SEPTEM. MDLXX
GLORIA FIRMANE GENTIS
SPLENDORQ DECVSQ HIC
IACET HOC RAPTO EST
TOTA SEPVLTA DOMVS.

### 4.

S. Gregorii in Monte Coelio.

*Humi, in atrio.*

D. O. M
LAVRÆ SETINÆ RELIGIONE
AC HONESTATE DECORATÆ
QVÆ LETHALI MORBO
CONSVMPTA COELESTEM
COELO ANIMAM EIVS
SALVTE PROVISA
TERREVM TERRE
REDDIDIT CORPVS
QVINTO IDVS OCTOB
M. D. LXXII.
ÆTATIS EVÆ XLV

FOELIX COSMVS
TOLENTINAS VXORI
B. M. P.

          S. Kl.

5.

## S. Hieronymi de Charitate.

*Hem*.

D. O. M.

PETRVS PAVLVS TECCOSIVS
FABRIANEN. AROMATARIVS
IN VRBE VITA RELIGIONE
MORIBVS VIRTVTE CHARITATE
OMNIBVS EXEMPLARIS
VIXIT ANN. LXXVII. MENS. V.
DIES VIII. OBIIT III. IVLII
ANNO SALVTIS M. D. LXXXXIII.
HORTENSIA OGNON CONIVX
FILIIQVE MOESTISSIMI POSVERE
TVMVLVQ. VIRO ET PATRI
INCOMPARABILIS PIETATIS
ET AMORIS SIBIQ. IPSIS
POSTERISQ. STATVERVNT
DIE XXIV. DECEMB. M. D. LXXXXIII.

6.

## S. Honuphrii.

*Hem*.

D. O. M.

LAVRAE SIMONETTAE
DE CINGVLO
EXIMIE PROBITATIS
ET FORMAE FOEMINAE
TVM GENERE HONESTISS.
IO. FRANC. BAVERIVS
SENOGALLIENSIS
VIR MOESTISSIMVS
OPTATISS. VXORI P.
OBIIT DIE XV. IVNII
MDC
AETATIS SVAE AN. XXI

## 7.

### S. Mariae Lauretanae.

*Humi.*

D. O. M.
ANTONIVS RADICHETTVS SARA
VALLEN. CAMERINEN. DIOC. CIVIS
ROMANVS ADHVC VIVENS HOC
SEPVLCHRVM IN QVO CATHARINA
GALLINA EIVS PRIMA VXOR CVM
QVINQVE FILIIS IACET
PRO SE IO. MARIA FRATRE ET
SVCCESSORIBVS FACIENDVM
CVRAVIT CIƆIƆCXV. NONIS
FEBRVARII

## 8.

### S. Mariae de Aracoeli.

*Humi.*

D O M
QVI IACE BARTOLOMEO DE
PAOLVCCI DE CAMBERINO
SPEZIALE DILIGENTISSIMO
VISSE ANNI LIV
MORI' NEL MDCXXVIII
ALLI XXIX. DI FEBRARO
MARTHA ROMANA
CONSORTE DOLENTE
PER GRATITVDINE DELLA
BONA COMPAGNIA E
BENEFITII RICEVVTI LI FA
FARE QVESTA
MEMORIA

9.

In templo Farnesiano.

*Hæmi.*

D. O. M.

ANTONIO CICCOLINO

MACERATENSI PATRITIO

VIRO SPECTATAE PIETATIS MODERATIONIS PRVDENTIAE

ALEXANDER CICCOLINVS FILIVS

FRAN.<sup>CVS</sup> M.<sup>A</sup> FRATER FRANCISCA SILVESTRIA EX MONTE ALTO

SIKTI V. PONT. OPT. MAX.

EX CONSOBRINA PRONEPTIS VXOR

HOC AMORIS ET DOLORIS MONVMENTVM BENEMERENTI

IPSE ET VNIVERSA FAMILIA PONI CVRARVNT

ANNO SALVTIS CIƆIƆCXXXI

VIXIT ANNOS LXIX. OBIIT ROMAE ANNO SALVTIS CIƆIƆCXXIX

VII. KAL. MAY

10.

S. Francisci ad Ripam.

*Hæmi.*

TOTA DIE VIGILABO SICVT PASSER

SOLITARIVS IN TECTO

MARIA ANGELA DE CALISTIS E MONTE

GEORGIO MVLIER AMORE CONIVGALI

VITÆ HONESTATE MORVM

CANDORE ET SOBOLIS FŒCVNDITATE

SPECTABILIS

HIC CINERES TERRÆ CÆLO

MELIOREM PARTEM DONAVIT

XXXI MARTII MDCXLII

IOANNES ANTONIVS PASSARVS

GEORGINVS

VXORI DILECTISSIMAE

POSVIT

S.Liu-

## 11.

### S.Laurentii in Damaſo.

*Romæ* .

D O M
SILVIO CAVCCIO PATRITIO ASCVLAN
PIETATE DOCTRINA PRVDENTIA MORIB
✠ FIDEQ CONIVGALI INSIGNI
SERENA EX NOB. GABRIELLI FAMILIA
VIRO AMANTIS. OPTIMEQ DE SE MERITO
PERENNE MVTVI AMORIS MONVMENTVM
MVLTIS CVM LACRYMIS POS
ANNO DÑI MDCXXXXIX

## 12.

### In templo Farneſiano.

*Romæ* .

D. O. M.
ALEXANDER . ANTONJ . CICCOLINI . FILIVS
IACOBAE . SILENTIAE . VIR
VT . CONIVGES
PACATO . SEMPER . IVNCTI . THALAMO
AD . AETERNAM . REQVIEM . SOCIARENTVR
ET . TVMVLO . ET . ILLI . EXTINCTAE
ET . SIBI . CVM . MOERORE . SVPERSTITI
VIVENS . POSVIT
ANNO . SALVTIS . CIƆ IƆ CLV

13.
Ibidem.

*Humi.*

D. O. M.

IACOBA . THEODORI . SILENTII . FIL.
ALEXANDRI . CIOCOLINI . VXOR
MODESTIA . PRVDENTIA . PIETATE
ORNATISSIMA
POSTQVAM . SVO . CVM . VIRO
TRIGINTA · TRES . ANNOS
DVLCISSIMA . SEMPER . CHARITATE
CONVIXIT
ACERBVM . ILLI . DESIDERIVM
SVI . RELIQVIT
EXTINCTA . AETATIS . SVAE . ANNO . LI.
SALVTIS . CIꟼ Iꟼ CLV.

14.
S. Bartholomaei in Infula.

*Humi.*

PETRO BENCI ANCONITANO
QVI MORTALITATEM SVAM
VSQVE AD RESVRRECTIONEM
EXVIT III. IDVS OCTOBRIS
ANNO POSTQVAM VIRGO MATER
PEPERIT HOMINEM MDCLXIX.
ETATIS SVÆ LVI.
MAGDALENA EIVS VXOR
ANTONIVS FILIVS AC EIVS SOROR
SIBI SVISQVE POSTERIS M. P.

MILLE MODIS MORIMVR MORTALES NASCIMVR VNO
SVNT HOMINI MORTES MILLE SED VNA SALVS

S.Ve-

## 15.
## SS. Venantii, & Anſovini.
*Humi.*

D. O. M.
PROSPER CIMARA CAMERS
HVIVS SODALITATIS
SS. VENANTII ET ANSOVINI
INTER ALIOS FVNDATOR
ET ANNA FERRARIA VXOR
VT MORTIS MEMORES
PIÆ VIVENTIVM MEMORIÆ
EORVM NOMEN POST MORTEM
FVNEBRI TITVLO COMENDARENT
SIBI POSTERISQVE SVIS
MONVMENTVM PARARVNT
AN. SAL. M.D.C.LXXVI

## 16.
## Ibidem.
*Humi.*

D. O. M.
PETRO PAVLO BRVNIO CAMERTI
CONIVGI CARISSIMO
QVI POST PRÆCIPVAM OPERAM
INTER ALIOS COLLATAM
EXCITANDO SODALITIO
SS. VENANTII ET ANSOVINI
PIETATE ET RELIGIONE EXIMIVS
OBIIT DIE XI. IANV. MDCLXXVI
ÆTATIS SVÆ AN. XXXX
LAVRA EIVS VXOR
SIBI HÆREDIBVS M. P.

L. Mæ

## 17.

### S. Mariae de Scala.

*Humi.*

D. O. M.
LAVR.<sup>VS</sup> CAMERATA COMES MOSTIOLI
NOBILIS ANCONIT<sup>S</sup>. ET EQVES ROM<sup>S</sup>.
VIRTVTVM PRESTANTIA NOBILIOR
HOC SIBI SEPVLCRVM VIVENS ELEGIT
E VIVIS EREPTO
ANNO DNI MDCXCII ÆTATIS SVÆ 76 (fic)
COMITISSA PORTIA LEONINI VXOR
ET COMES PHILIPPVS FILIVS
MÆRENTES
AMORIS ET VOTI CONSCY
EXEQVI CVRARVNT

## 18.

### SS. Venantii & Anfovini.

*Humi.*

D. O. M.
AMICO MINELLIO FIRMANO
HELENA CONIVX
ET
IOANNES FILIVS
VIRO ET PATRI OPTIME MERITO
SIBI SVISQVE
VIVENTES PP.
OBIIT XVIII. APRILIS
AETATIS SVAE ANNORVM LXXIV
ANNO DOMINI MDCCXVII

I g.
S. Francisci de Paula.
*Hanl* .

D. O. M.
ANTONIVS NARICIVS
NOBILIS ROMANVS
AC SI SEPVLCRVM
IN VEN. ECCL. SOC. IESV
GENTILITIVM HABEAT
TERTII ORDINIS HONORE
ADHVC VIVENS ADSCRIPTVS
CATARINAE CORBELLAE
NOB. FANEN.
VXORI SVAE PRAEDEFVNCTAE
EIVSDEM ORDINIS
PRO SE
ET QVIBVS SIBI PLACVERIT
AMORE ET PIETATE
ERGA
S. FRANCVM DE PAVLA
MOTVS
SACELLVM HOC
FIERI CVRAVIT
ANNO SALVTIS MDCCXXII.
QVI LEGIS ATTENDE
HIC EXPECTAMVS
RESVRRECTIONEM

# PROPINQVORVM,
# ET AMICORVM
## CLASSIS DECIMAOCTAVA.

**1.**

S. Juliani in Banchi.

*Humi.*

NICOLAO RVTILONO
AGAMENONIS FILIO
TOLENTINO IN PICENO
ORIVNDO
ARTEMISIA RVTILONA
EX FRATRE NEPTIS
PATRVO BENEMERENTI
MOESTISS. POS.
VIXIT ANNOS LXV MENS.
III. DIES VIII. OBIIT V. ID.
APRILIS ANNO SALVTIS
M. D. LXXXV

**2.**

S. Mariae in Vallicella.

*Humi in gyro orbicularis lapidis.*

VINC.O CASTRACANIO IACOBOQ. NEPOTI FANEN; Q. OBIERE A.
MDXC

### 3.

**S. Salvatoris de Cupellis.**

*Hemi.*

ANNIBALI LAZZARINO
MACERATEN. VIRO FRVGI
ET AMICO OPT. OCTAVIVS
FORZINVS POS.
A. D. MDCXIX

### 4.

**S. Mariae in Via.**

*Hemi.*

D . O . M .

BENEDICTVS . GHIRACCINVS . GALLIENSIS
CIVIS . ROMANVS . VIXIT . ANNOS . SEXAGIN
OBIIT . DIE . XXIII. MENS. SEPTEMBRIS . MDCXX
ANTONIVS . ET . PELEGRINVS . FRATRES
D. PLEGRINIS . HEREDES . TESTAMENTARI . B. M.
POSVERVNT . IN . QVO . TVMVLO . ETIA . IPSI . ET
HORVM . CONSANGVINEI . HVMARI . VOLVERVNT

### 5.

**S. Mariae de Aracoeli.**

*Hemi.*

D . O . M .
QVEM . LEGIS . IN . MARMORE
HIC . SITVS . EST . IN . PVLVERE
FEDERICVS . CAMERINVS
EX . TESTAMENTO . HABRES
FRATRI . OPTIMO
:

ET

ET . DE . SE . BENEMERITO
GRATI . ANIMI
MONVMENTVM . POSVIT
A. DOM. MDCXXIII

### 6.

SS. Silveſtri , & Martini ad Montes .
*Hæmi .*

D . O . M' .
CAROLO . FIRMANO . MACERATENSI
LENISSIMÆ . CONSVETVDINIS . IVVENI
OB . MORV . SVAVITATEM . OMNIBVS . AMABILI·
QVI . PATRVVM . INVISVRVS
ROMAM . VENIENS
LENTA . FEBRI . CORRIPITVR . ET . EXTINGVITVR
VT . COELO . PROPIOR . FIAT
IN . HOC . COENOBIO
ANNOS . NATVS . XXVII. VIVERE . DESIIT
XXVI. AVGVSTI . MDCCXXXVIII
IOANNES . FANCISCVS (ſic) . FIRMANVS
NEPOTI . DESIDERATISSIMO
ANTIQVÆ . GENTIS . SVÆ . POSTREMO·
IMMATVRE . PRÆREPTO
LVGENS· . ET . MOERENS· . P. P.

### 7.

SS. Simonis , & Judae in Monte Jordano·
*Hæmi .*

D V T
PRVDENTIAE . MADES . NOB. XO. IO. FIL
QVAE . PETRO ‒ SANCTIO ‒ PLODIS . NOB. AVXIM.
VIRO·

```
            ·        VIRO . VITA . FVNCTO
            BONA . SIBI . A . DEO . LARGITA . DEO
      CON · SANGVINEIS · BENE . DE . SE . MERITIS
            AC . PAVPERIBVS . RESTITVTA
         HIC . SIBI . SEPVLCHRVM . ELEGIT
       ET . AD . DEVM . QVEM . PIE . COLVIT
         EVOLAVIT . DIE . II. FEB. M.D.CXLV ·
            SVAE . AETATIS . ANNO . LUI
       HANIBAL . CEVLVS . EX . SORORE . NEPOS
       TES . TAMENT. HAERES. PONI . CVRAVIT
```

**8.**

### SS. XII. Apoſtolorum .
*In clauſtri pariete .*

**D. O. M.**

```
FRAN.CO ADRIANO DE S.TO
SEVERINO PROE MARCHÆ
IN ECCLIA LATERANENSI
MVSICES PRÆFECTO AC
RELIGIONIS STVDIOSISS.O
AMICI MERT. AMORIS GRA
POS. QVI DVM XXXVI. ANN
AGERET EXPECTATA MORTE
SECVRO AC TRANQVILLO
ANIMO SVSCIPIENS AD
ETERNA VITA EVOLAVIT
```

EORVM

E O R V M

# QVI SIBI IPSIS POSVERVNT

## CLASSIS DECIMANONA.

---

**1.**

S. Romualdi ad Lungariam.

*In pariete.*

D. O. M.
ROMVALDVS ET
LEONARDVS
FRES POSTREMI
EX ANTIQVA FAM.
DE SANCTIS
FABRIANI CIVES

MORTIS MEMORES
HOC SIBI MONVM.
VIVENTES PP
KAL. MAII
MDCXXXIIII

**2.**

Ibidem.

*Sepulcrum cum imagine depicta.*

D. O. M.
HOC MIHI QVOD SPECTAS DELEGI IN MORTE
SEPVLCHRVM
QVO TANDEM VIVO SIT MIHI VERA QVIES

HEV

HEV MISERA HAEC VITA EST MORS
EST VNICA VITA
VIVENTES MORIMVR VITAQ. MORTE DATVR
LEONARDVS SANCTI FABRIANEN.
CIVIS ROMAN.
ANNO SALVTIS MDCLVIII
P.

## 3.

### SS. Venantii & Anfovini.

*Humi.*

D. O. M.
AVRORA MILANA DE LAVRO
LXXVIII ANNIS NATA
QVIESCIT HIC POSTREMÆ
SONITVM TVBÆ ET
PIAS INTERIM LECTORIS
AD DEVM PRECES
EXPECTANS DIE XV MARTII
ANNO IVBILÆI M. DC. LXXV

## 4.

### S. Gregorii ad Pontem Coeftium.

*Humi.*

D. O. M.
HIC JACENT OSSA
FRANCISCI VENTVRÆ
ET
SANCTÆ IVLIANI
A MONTE GALLO
M. P. AN. MDCCVIII.
ORATE PRO EO

5.

## S. Mariae in Monticellis.

*Humi .*

D. O. M.

HIERONYMVS

DE NOBILI COMITVM OTHONVM FAMILIA

MORTALITATIS SVÆ MEMOR

HIC

SIBI VIVENS

MONVMENTVM POSVIT

ANNO SAL. MDCCXVII

6.

## S. Mariae de Aracoeli.

*Humi .*

CHI IACE PE

ÑA DE IVLIANO

DE MONTE GENTIL

E

7.

## S. Mariae de Horto.

*Humi .*

SFVRCINO DE FERALDO DE SANTO SIVE

RINO VIXIT ANNI XXVIII. OBIIT XVI

MAII M. D. XXVII

# APPENDIX

## INSCRIPTIONUM PRAETERMISSARUM.

---

## AD CLASSEM PRIMAM.

---

### NICOLAI IIII.

**1.**

In coenobio SS. XII. Apoſtolorum .

*In pariete cum imagine depicta .*

NICOLAVS . IV. PICENVS . P. M.
ORD. MIN. CONV. PHILOSOPHVS . AC
THEOLOGVS . ÆGREGIVS . QVI . GRÆC<sup>OS</sup>
AD . COMMVNIONEM . TARTAROS . AD
FIDEM . REDVXIT . IVSTITIÆ . ET
RELIGIONIS . CVLTOR . ADMIRABILIS
CREATVS . A. D. M. CC. LXXXVIII.

---

### XYSTI V.

**2.**

In Vaticano .

*In aula Conſtantini .*

SIXTVS . $\bar{V}$. PONT. MAX.
AVLAM . CONSTANTINIANAM . SVMMIS . PONTT.
LEONE . $\bar{X}$. ET . CLEMENTE . $\overline{VII}$. PICTVRIS . EXORNATAM
ET . POSTEA . COLLABENTEM . A GREGORIO . XIII. PONT. MAX.
INSTAVRARI . COEPTAM . PRO . LOCI . DIGNITATE . ABSOLVIT
ANNO . PONTIFICATVS . SVI . PRIMO .

Ad

## Ad obeliscum Vaticanum.

**3.**

*In bafi ad Meridiem.*

SIXTVS V. PONT. MAX.
OBELISCVM VATICANVM
DIIS GENTIVM
IMPIO CVLTV DICATVM
AD APOSTOLORVM LIMINA
OPEROSO LABORE TRANSTVLIT
AN.NO MDLXXXVI. PONT. IL,

**4.**

*Ad Orientem.*

ECCE CRVX DOMINI
FVGITE
PARTES ADVERSAE
VICIT LEO
DE TRIBV IVDA

**5.**

Ibidem.

*Ad Septentrionem.*

SIXTVS V. PONT. MAX.
CRVCI INVICTAE
OBELISCVM VATICANVM
AB IMPVRA SVPERSTITIONE
EXPIATVM IVSTIVS
AC FELICIVs CONSECRAVIT
AN.NO MDLXXXVL PONT. IL.

**6.**

Ibidem.

*Ad Occidentem.*

CHRISTVS VINCIT
CHRISTVS REGNAT
CHRISTVS IMPERAT
CHRISTVS AB OMNI MALO
PLEBEM SVAM DEFENDAT

**7.**

Ibidem.

*In bafi inferiori.*

DOMINICVS FONTANA EX PAGO MILI
AGRI NOVOCOMENSIS TRANSTVLIT
ET EREXIT

**8.**

Ibidem.

*In faftigio bafilicam verfus.*

SANCTISSIMAE CRVCI
SIXTVS V. PONT. MAX.
CONSECRAVIT
E PRIORE SEDE
AVVLSVM
ET CAESS. AVGG. AC TIB.
I. L. ABLATVM
M. D. LXXXVI.

Y 2

In

### 9.

### In Vaticano palatio.

*In facello Gregoriano.*

SIXTVS V. PONT. MAX.
SACELLO GREGORIANO QVO ANNIVERSARIA
COENÆ DOMINI DIE A SVM. PONT. SACRO
SANCTA EVCHARISTIA MORE SOLEMNI
REPONITVR , COETERISQVE PONTIFICVM
COMMODITATIBVS SCALAS INTERIORES
CVM VESTIBVLO CONSTRVXIT PICTVRISQVE
EXORNAVIT ANNO SVI PONTIFICATVS
SECVNDO .

### 10.

### In bibliotheca Vaticana .

*Ad Meridiem in exteriori pariete .*

SIXTVS V. PONT. MAX.
BIBLIOTHECAM
AEDIFICAVIT
PORTICVS
CONIVNXIT
M. D. LXXXVIII. PONT. IΠ.

### 11.

### In aedibus hofpitalis S. Spiritus in Saxia .

*Ad montis radices .*

TVSSV OPTIMI PRINCIPIS SIXTI V. P. M. VRBEM
ROMAM PASSIM MAGNIFICENTISSIMIS
OPERIBVS EXORNANTIS
RVPEM MONTIS S. SPVS IN VIAM PVBLICAM RVENTEM

SAXIS TERRA COENO REPLENTEM FVNDAMENTIS ANTE
A IO. BAPTISTA RVINO BONONIEN.
PRAECEPTORE IACTIS
ANT. MELIORIVS PICENVS EPVS S. MARCI SVCCESSOR MVRO
FIRMISSIMO FVLSIT MVNIVIT AEDIFICIIS ORNAVIT
M. D. LXXXVIII.

| 12. | 13. |
|---|---|
| S. Johannis in Laterano. | Ibidem. |
| *Supra palatii januam.* | |
| *Ad Septentrionem.* | *Ad Occidentem.* |
| SIXTVS V. | SIXTVS V. |
| PONT. MAX. | PONT. MAX. |
| ANNO IIII. | ANNO IIII. |

14.

In basilica Vaticana.
*In hemisphærio.*

S. PETRI GLORIAE. SIXTVS. PP. V. A. M. D. XC. PONTIF.

15.

In Vaticano.

TYPOGRAPHIA VATICANA DIVINO CONSILIO
A SIXTO V. PONT. MAX. INSTITVTA
AD SS. PATRVM OPERA RESTITVENDA
CATHOLICAMQVE RELIGIONEM
TOTO TERRARVM ORBE PROPAGANDAM

## 16.

In fronte aedium Nobb. Frangipaniorum.
*In hortis Viminalibus.*

SIXTO V. PONT. MAX
OB COLLATA
IN SE BENEFICIA
HORTOSQ. VIMINALES
AVCTOS
MARTIVS FRANGIPANIVS
GRATI ANIMI ERGO

---

# AD CLASSEM SECUNDAM.

## 17.

In aedibus Othobonianis.
*Ad S. Laurentium in Lucina.*

EVANGELISTA PALLOTTVS
TT. S. LAVRENTII IN LVCINA
PRESB. CARD. CVSENT. HAS
AEDES CONSTRVI ET IN
HANC FORMAM REDIGI
SVO AERE CVRAVIT
A. D. MDCX

## 18.

SS. Angelorum Custodum.
*In pariete.*

IO. BAPTÆ PALLOTTO ET OCTAVIANO RACCIO
S. R. E. CARD.
QVI
CVSTODES ANGELOS VENERANTES

MILLE PRIMVS SECVNDVS TERCENTA
VT NOVVM IPSIS IAM LABENS TEMPLVM
CONSTRVATVR
PIISSIME RELIQVERVNT
ARCHICONF. GRATI ANIMI MONIMEN.
POSVIT
ANNO D. MDCLXXVI

## 19.

S. Josephi , vulgò a Capo 'le Case .
*Humi* .

D. T. V
ANGELÆ MARGARITÆ DE GENTILIBVS
COMITISSÆ MITI
NOBILI ROMANÆ
CONSTANTI COMIQVE
FOEMINÆ
EGREGIIS ANIMI CORPORISQVE DOTIBVS
CVMVLATÆ
MORTE A MENTIS TRANQVILLITATE .
QVA FERE SEPTENI LVSTRI SPATIO VIXERAT
OBEVNTI
ANTONIVS XAVERIVS VTR. SIGN. REF.
ET PHILIPPVS GERMANI FRATRES
SORORI LECTISSIMÆ
VBERRIMIS LACRYMIS
P. P.
CESSIT E VIVIS XIX. KAL. IANVARII
ANNO A PARTV VIRGINIS CIↃI ↃCCXXIII

## 20.

SS. Trinitatis in Via Flaminia .
*In pariete* .

ANNO SALVTIS MDCCXLI
BENEDICTO XIV. P. O. M.

PHI-

# APPENDIX.

PHILIPPO V. HISPANIARVM REGE
ANTONIVS S. R. E. PRESB.
CARD. DE GENTILIBVS
ORDINIS PROTECTOR
DIE XXIX. SEPTEMB.
PRIMVM DEMISIT LAPIDEM
PROVINCIÆ CASTELLÆ PP.
FVNDATIONEM OBEVNTIBVS
D. FR. DIDACI MORCILLO LIMANI
ARCHIEPISCOPI ET PROREGIS
EIVSDEM PROVINCIÆ ALVMNI
AVSPICIO ET SVMPTIBVS

2 I.

In ecclesia archiconfraternitatis S. Spiritus in Saxia.
*In exteriori fronte.*

ARCHICONFRATERNITATI
S. SPIRITVS . IN . SAXIA
A . FEL. REC. INNOCENTIO . III. AN. MCXCVIII. ERECTAE
AB . EVGENIO . ET . SIXTO . IV. ADPROBATAE
SVMMIS . ET . PIIS . VIRIS . ADSCRIPTIS
VETVSTA . AEDE . AVCTO. NOSOCOMII. AEDIFICIO . DIRVTA
BENEDICTVS . XIV. PONT. MAX.
OPERAM . DANTIBVS
ANTONIO . XAV. S. R. E. CARD. GENTILI . VISITATORE . APOST.
ANTONIO . M. PALLAVICINO . PAT. ANTIOCHENO . PRAECEPTORE
ARCHICONFRATERNITATIS . PRIMICERIO
AMPLIOREM . HANC . DEIPARAE . AB . ANGELO . SALVTATAE
SACRAM
AERE . PLVRIMO . A . FVND. RESTITVIT . AN. SAL. M.D.C.C.X.L.V.I.
PONT. VI.

S.Spi-

## 22.

### S. Spiritus in Saxia.

*In pariete .*

PRO

PIISSIMO ET MVNIFICENTISSIMO PRINCIPE

BENEDICTO XIV. PONT. MAX.

OB NOSOCOMIVM S. SPIRITVS

REPARATVM AMPLIFICATVMQVE

ET OB INGENTEM PECVNIAM

IN ÆS ALIENVM DISSOLVENDVM

CONTINVATA CLEMENTIS XII. LARGITIONE

LIBERALITER EROGATAM

ANNVVM SOLEMNE SACRVM DECREVERVNT

A. CARDINALIS GENTILI VISIT. APOST.

A. M. PATRIARCHA ANTIOCH. PRÆCEPTOR

A. D. MDCCXLVIII

## 23.

### SS. Venantii, & Anfovini.

*Humi .*

D. O. M.

ANTONIO XAVERIO S. R. E. CARDINALI GENTILI

EPISCOPO PRÆNESTINO

GENERE CAMERTI , PATRIA ROMANO

PRVDENTIA , DOCTRINA , PIETATE EXIMIO

# APPENDIX.

CONSTANTIA MARCHIONISSA GIORI SPARAPANI

AVVNCVLO OPTIME MERITO

POSVIT

VIXIT ANN. LXXIII. DECESS. XIII. MARTII

ANNO DOMINI MDCCLIII

### § 4.

## S. Chryfogoni.

*Sepulcrum cum imagine ex anaglypho.*

Adfcriptus eft ordini nobilium Anconitanorum nec fimul cum familia, qua cum ipfe adhuc in vivis effet domicilium Ancone conftituit.

D. O. M.

IOANNI IACOBO MILLO

CASALENSI

EX MARCHIONIBVS ALTARIS

RELIGIONE CANDORE MORVMQVE

INTEGRITATE SPECTABILI

QVI

A BENEDICTO XIV. PONT. MAXIMO

IVDEX SACRARVM COGNITIONVM

MOX DATARIVS

DENVM S. R. E. PRESBYTER CARDINALIS

TIT. S. CHRYSOG. RENVNCIATVS

ET SACRÆ CONGREGATIONIS

PVRPVRATORVM PATRVM TRID. CONC.

IN-

# APPENDIX.

INTERPRETVM

PREFECTVRA AVCTVS

XIII. KAL. DECEMBRIS ANNO MDCCLVII

REPENTE OBIIT ÆTAT. SVÆ AN. LXIII

MARCHIO FRANCISCVS CAROLVS MILLO

PATAVO BENEMERENTI

POSVIT

---

# AD CLASSEM TERTIAM.

*&.f.*

### S. Honuphrii.

*Humi.*

### D. O. M.

FRANCISCI SPERVLÆ CAMER. OB INSIGNEM
LITERARVM PĪTIAM VITÆ MORVMQVE
INTEGRITATEM VARIIS TERRARV̄ PRINCIPI
BVS GRATIOSVS AC DEMV̄ A CLEMENTE
VII. PONT. MAX. AD S. LEONIS EPISCOPA
TVM EVECTI TEMPORARIVM DEPOSITVM
VIX. ANNOS LXVIII. OBIIT PRIDIE IDVS
IVLII

# APPENDIX,
## AD CLASSEM QUINTAM.

### 26.

S. Anaſtaſiae.

*Humi.*

D. O. M.
HIC IACENT OSSA CAROLI FRANCISCI
ADVOCATI DE LVCA MATELICENSIS
HVIVS BASILICÆ CANONICI
OBIIT DIE XII. DECEMBRIS MDCCXLI

### 27.

Inter eccleſias S. Mariae Cónſolationis,
& S. Johannis Decollati.

*Apud quadratariam.*

D. O. M.
ANTONIO TRANQVILLO PICENO
HVIVS S. BASILICÆ CAPPELLANO DE ANGELIS
EIVSQVE SACRARY OECONOMO
MORVM SVAVITATE
FIDELITATE AC INDVSTRIA OMNIBVS CARO
E VIVIS EREPTO
HIC IMMORTALITATEM EXPECTAT
OBYT XVII. KAL. IVNY MDCXCIII.
ÆTAT. XXXMVIII.

# AD CLASSEM OCTAVAM.

### 28.

S. Salvatoris in Lauro.

*Sepulcrum cum imagine ex anaglypho.*

D. O. M.

IOSEPH CAMILLVS DE VALENTINIS I. V. D.

AVXIMANVS VIXIT ANNOS LXXIX,

MENSEM VNVM OBYT DIE XVIII

APRILIS MDCCLVII.

---

# AD CLASSEM DECIMAMTERTIAM.

### 29.

S. Salvatoris in Lauro.

*Humi.*

D. O. M.

ORATOR VALES PICTOR PROBITATE FIDEQVE

INSIGNIS IOSEPH GHEZZIVS HIC SITVS EST

VIXIT ANNOS LXXXVII DIES IV

OBIIT IV ID. NOVEMBRIS ANNO DÑI MDCCXXI

ABBAS PLACIDVS EVSTACHIVS ET EQVES PETRVS LEO

FILII MOESTISSIMI

PARENTI OPTIMO POSVERVNT

### 30.

Ibidem.

SEPVLCRVM

FAMILIAE

GHEZZIAE

AD

## AD CLASSEM DECIMAMOCTAVAM.

31.

S. Mariae supra Minervam.

*Homi .*

D. O. M.

IVLIA EX FVLVIA FILIA

NEPTI AETATIS SVAE

SEPTIMO DECEDENTI

GRANDONIVS MARCELLIVS

MATTLIG'S ET ALEXANDRA

FORIS ROMANA CONIVGIS

PRI. . . . . . . . . . . AMORI

. . . . . . . . . . . . . . . . .

. . . . . . . . . . . . . . . . .

MOESTISSIME POSVERVNT

ANNO DOMINI

MDLXX

# INDEX

## GENERALIS ALPHABETICUS.

Leo

Leo X. pont. max. XIII. s. App. a.
Leo XI. pont. max. II. 16. III. 14.
   VII. 2. X. 3. 8.
Leopoldus archidux Austriae XI. 10.
S. Lucius Matrona L 7.

# M

Maggi . Jacobus Antonius Plesi-
  si XL 17.
Magni . Christophorus XIV. 11. 14.
Magri . Petrus Marianus V. 10.
Magrini . Joseph V. 24.
Maivardi . Antonius II. 5.
Malatesta Julius L L.
Mancini . C. Juvenalis L 70.
Maretti . Carolus XIII. 8. 1. 4.
Marcelli . Alexander Foris . Fulvis .
  Grandonius . Julia App. 32.
Marchis de . Tydaeus L 14.
Marconi . Antonius IX. 2.
Marefuscbi . Marius . Prosper card.
  II. 16. 17.
Mariani . Augustinus XIV. 16. Cae-
  sar XI. 4.
Marietti . Lavinia Marsucci . Regu-
  lus VIII. 5.
Mariscotti . Galeatius card. XI. 10.
Martyrr . Michael Franciscus XIV. 9.
Maruzzani . Annibal XIV. 21.
Masari . Franciscus II. 61.
Masci . Anastasia Elephantuci . Co-
  mes episcopus III. 10.
Maserctill . Angelus episcopus . Mi-
  chael . N. Pamphile III. 5.
Massi . Baldus VII. 3. 4.
Massurlis de . Nicolaus XI. 5.
Mattheucci. Comepsus. Jacobus IX. 5.
  Laura Baicfira . Leonardus XIV. 4.
Maximin de . Tiberius L 10.
Medices . Dorothea Real XVI. 4. Leo
  XI. pont. max. quem vide . Pius
  IV. pont. max. quem vide.
Melchiorri . Benedictus . Hieronymus
  episcopus III. 4. Marcellus ibidem,
  & VIII. 2.
Melleri . Antonius episcopus III. 7. 8.
  App. 11.
Menichelli . Hortensia Grodari XILe.
Menichini . Johannes IX. 4.

Milia . Franciscus Carolus . Johannes
  Jacobus card. App. 24.
Miliani . Bonaventura V. 15.
Mini . Angela Margarita Gentili App.
  19.
Mirri . Julius II. 21.
Montalti . Vide Peretti .
Monte a . Franciscus Maria card.
  XI. 17.
Montelli . Olympia Caesarea XV. 2.
Monteri . Hieronymus Pallavicini
  XIV. 20.
Morcillo . Didacus episcopus Ap. 20.
Moretti . Andreas . Franciscus . Jo-
  hannes Baptista soulor , & junior .
  Rinaldus XVI. L.
Moroni . Hieronymus L 41.
Morra . Bernardinus II. 5.
Mosai . Anna Maria Refagna . Johan-
  nes Paulus IX. 9.
Muti . Vincentius II. 21.
Mutiis de . Alexander L 70.
S. Marcellinus P. & M. L 21.
  Marcellus II. pont. max. III. 5.
S. Marius mart. L 40.
S. Martinus mar. III. 1.
SS. Mauritii , & Lazari milites IX. 3.
S. Maurus mart. L 50.
  C. Marius L 6.
S. Martha mart. L 40.
S. Michaelis milites X L.
SS. Modestus & Crescentia L 21.
S. Monica II. 17.

# N

Neri . S. Phillippus X. 7. XIV. 32.
  Menketti . Andreas V. 21.
Abitius . Guido VIII. 4.
SS. Nereus, Achilleus, & Domitilla L 40.
Nicolaus III. pont. max. L 6.
Nicolaus IV. pont. max. L 2. usque
  ad L III. 10. App. 1.
Nicolaus V. pont. max. L 40.

# O

Odi . A. M. episcopus L 50.
Odescalchi . Innocentius XI. pont.
  max. quem vide.

      A a      Ogaee.

6. Pius V. pont. max. L. 11. 66. 69.
X. 6. XI. 3.
Plinius in montis.
Portugalliae ardiolis milites XI. 7.
Praxiteles L. 32. 34.

# Q

5. Quirinus mar. III. L.

# R

Adalbertl . Antonius . Catharina
Gallina .Johannes Maria XVII. 7.
Raggi . Octavianus card. App. 18.
Raperi . Isabella Georgi XI. 7.
Ripagna . Anna Maria Mozzi IX. 2.
Ricenonico . Carulus card. fo monito .
Ricci . Catharina a Turre magae XV.
L. Guidobaldus V. 7.
Rinoldacci . Aloysius X. 6. Arnul-
phus V. 3. X. 6. Jacobus ibidem .
Theodorus X. 6.
Rocca . Angelus episcopus III. 12.
13. 14. 15.
Romandioli . Sebastianus V. 6.
Ruini . Johannes Baptista III. L.
App. 11.
Ruscelli . Julianus XI. 11.
Raptaucci . Hieronymus card. II. 1 1.
12. 13. IV. 12. XI. 7. Ludovica .
Ruiliarccius IV. 10.
Ruvere de . Julius II. , & Xystus IV.
pontifices maximi quos vide .
S. Restius episcopus L. 30.

# S

Sabilli . Honorius III. pont. max.
quem vide . Julius XI. 15.
Sacchi . Johannes episcopus III. 4.
Saldini . Faustina de Abdertis IX. 1.
Saccbetti . Petrus IX. 6.
Sav Slol . Ludovicus L. 30.
Sandlli de . Johannes . Raphael XIII.
1. 3.
Sando Petro de. Martha Severi XVI. 7.

Sauresi. Clemens. Jacobus card. II. 10.
Santolini . Franciscus . Magdalena
XIV. L.
Saraceni . N. V. 23.
Savaggiani . Johannes II. 3.
Scaramucci . Joseph Andreas IV. 11.
Scipioni . Johanna Theresa Povisolo .
Maximilius VIII. 6.
Sestri . Ranuccius episcopus IV. 4.
Setini . Laura Cosmi XVII. 4.
Severi . Johannes Baptista , Joseph .
Leonardus. Martha de Sando Petro.
Michael Angelus XVI. 7.
Sforziei . Anna Magdalena de Abe-
ridis. Carolus Nicolaus . Catheri-
na Francisca Bodefoul . Maria Fran-
cisca de Vetero XIII. 14.
Sfondrati. Gregorius XIV. pont. max.
quem vide .
Sfortis . Guido Ascanius card. XI. 11.
Silentiii de . Jacobus Ciceolini . Theo-
dorus XVII. 12. 13.
Silvestris de . Andreas . Dominicus
IV. 4. Francisca Ciccolini XVII. 9.
Paulus Aemilius IV. 9. Raymundi
senior & junior . Sebastianus IV. 7.
Simonetti . Annibal , Cosmus IV. 6.
Fridericus II. 12. Laura Maveri
XVII. 6. Rayaerius card. II. 18.
Solari . Franciscus XI. 18.
Solomayor de . Ildephonsus episco-
pus L. 10.
Spavapai . Constantia Giuri App. 23.
Sperulo. Franciscus episcopus App. 23.
Spotlolli de . Johannes Antonius . Jo-
seph . Maria Magdalena . Virginia
de Albinis XIV. 11.
Spicieli . Aurisilia de Bergominis .
Silverius X. 3.
S. Sabina L. 10.
S. Sebastianus L. 11. II. 11.
S. Seraphia mart. L. 10.
Sturcinus Feraldi XIX. 7.
Sigismundus Poloniae rex L. 89.
S. Silvester P. & M. L. 13.
S. Simeon presbyter L. 30.
S. Simeolus presbyter ibidem .
SS. Simeon , & Judas apostoli II. 15.
S. Stephani ordo militaris IX. 7. 12. 13.
S. Stephanus mar. III. 1.

Taglia-

# INDEX PECULIARIS

## FAMILIARUM

### PER PATRIAS DISTRIBUTARUM

*Quae in Indice praecedenti per ipsa cognomina reperiri poterant.*

# INDEX

## ECCLESIARUM SACRORUMQ. LOCORUM.

# INDEX
## LOCORUM PROFANORUM
### IN OPERE MEMORATORUM

www.ingramcontent.com/pod-product-compliance
Lightning Source LLC
Chambersburg PA
CBHW030827020726
47499CB00006B/2099